슬로 라이프

슬로 라이프

쓰지 신이치(이규) 지음·김향 옮김

디자인하우스는
생생한 삶의 숨결과 빛나는 정신세계를 열어 보이는
세상에 꼭 필요한 좋은 책을 만듭니다.

사랑, 평화, 생명의 마음을 담아

한국의 독자 여러분, 반갑습니다. 《슬로 라이프》가 한국어로 출판되어 무척 기쁩니다. 다만 한국인이었던 저의 선친께서 이 순간을 함께하시지 못한다는 것이 아쉬움으로 남습니다. 생존해 계셨다면 당신의 모국어인 한국어로 저의 책을 읽는 기쁨을 누리셨을 텐데요.

이 책을 출판한 디자인하우스와 이 책을 읽게 되신 여러분께 감사드립니다. 2003년에 한국어판으로 출간된 저의 다른 책 《슬로 이즈 뷰티풀》과 함께 《슬로 라이프》가 우리의 삶과 지구의 생명에 대한 여러분의 관심과 염려를 하나로 묶는 촉매가 될 수 있기를 희망합니다.

'나무늘보 친구들Sloth Club'과 저에 대해 더 알고 싶으시다면 웹사이트 www.sloth.gr.jp를 방문해주십시오. 거기서 저는 쓰지 신이치, 해외에서 쓰는 이름인 게이보 오이와, 그리고 10년 전 선친께서 지어주신 이규李珪, Yee Kyu, 이렇게 세 가지 이름을 쓰고 있습니다.

발가락이 셋인 나무늘보를 따라 저도 세 손가락을 들어 여러분께 인사합니다. 사랑, 평화, 생명의 마음을 담아.

Slowly yours,
2005년 1월, 요코하마에서

새로운 세계의 입구에서

'슬로 라이프'라는 말에서 무엇을 떠올리십니까? 주말 강 낚시, 바다가 보이는 집, 집에서 직접 만든 요리, 오후의 낮잠, 텃밭이 있는 생활, 깨끗한 물과 공기, 에코 하우스, 채식, 친구들과의 잡담, 정원 가꾸기, 일요 목공, 아침 산책, 아이 키우기, 비폭력과 평화….

이런 것들을 떠올린다면 당신은 이미 '느림의 삶'을 경험하고 있는 것입니다. 촛불을 켜는 것처럼 아주 사소한 일상의 한 장면 속에 바로 슬로 라이프가 있으니까요. 우리는 돈, 효율, 경제성장 같은 것을 우선시하는 사회에 살면서 사소하고도 당연한 삶의 즐거움, 아름다움, 편안함과는 멀어졌습니다. 이와 같은 '패스트 라이프'를 돌아보면서 이제 인생에 있어 '가치의 우선순위'를 바꿔놓기 시작한 당신은, 이미 새로운 삶의 국면을 위한 중요한 키워드를 포착한 것입니다.

'느림'이라는 화두가 널리 확산되면서 차츰 그 뿌리를 내려가고 있는 지금, 세계를 둘러보면 여러 가지 면에서 비슷한 울림을 지닌 말이 속속 등장하고 있음을 알 수 있습니다.

북미에서는 '단순한 삶Simple Life'이나 'LOHAS Lifestyle of Health and Sustainability'개인의 건강뿐만 아니라 환경, 사회의 지속성장을 생각하는 생활-편집자 주, 그리고 이를 실천하는 '문화 창조자들Culture Creatives'과 같은 단어가 많은 사람의 입에 오르내리고 있으며, '작은 것이 아름답다'라는 슬로건도 여전히 건재합니다. 또 유럽의 경우 '슬로 푸드'와 그것으로 대표되는 '반세계화'가 커다란 물결을 이루고 있습니다. 전 세계적으로는 반전운동과 환경, '지속 가능한 개발Sustainable Development' 자연환경을 파괴하지 않고 유지하면서 자원을 사용하고 개발한다는 의미-역주이 북반구과 남반구를 잇는 모토가 되고 있습니다. 어떤 사람들은 '양陽'에 지나치게 경도된 20세기가 남긴 숙제를 '음陰'으로 재생해 균형을 이루는 것이야말로 21세기의 과제라고 말합니다. 이런 다양한 키워드와 이를 둘러싼 사람들의 의식과 행동의 흐름에서 저는 어떤 공통의 에너지를 느낍니다.

이 책에서 저는 그러한 전 세계적 흐름, 공통의 에너지와 관련 있는 말이나 개념을 열거해 제 나름대로 사고와 생각을 전개해보았습니다. 이 방법은 제 스타일이며, 여기에는 얼마쯤의 독단도 섞여 있으리라 여겨집니다. 걸핏하면 제 바람과는 달리 가속화되는 삶 곳곳에서, 그때그때의 상황이나 기분에 좌우되면서 써 내려간 글입니다.

'슬로 라이프'라는 말과 함께 당신은 이제 새로운 세계의 입구에 서 있습니다. 여기에 모은 다양한 키워드를 가이드 삼아 당신도 그 세계 속으로 발걸음을 옮겨놓을 수 있다면 참으로 기쁘겠습니다. 이 책은 그러한 여행을 위한 가벼운 안내서입니다. 하지만 정해진 길은 없습니다.

'슬로 라이프'에는 이러이러해야 한다는 규칙 같은 건 없습니다. 이 새롭고 평화롭고 친환경적인 삶을 디자인해나가야 할 사람은 바로 여러분 자신이니까요.

차례

* 본문에 수록된 사진은 저자가 지구 곳곳을 발로 뛰며 담아낸 삶의 현장입니다.

* '깊이 알기'의 도서는 저자, 국내에 번역된 제목, 출판사, 번역 출간한 연도순으로 실었습니다.

* 챕터의 내용과 연관성이 있는 본문의 다른 챕터는 '이어 읽기'에 페이지 번호와 함께 소개했습니다.

* 해당 챕터의 주제와 관련이 깊은 인물은 '느림의 철학자들'에서 소개했습니다.

아무도 꽃을 보려고 하지 않는다.

꽃은 작고, 들여다보는 데 시간이 걸리니까.

그렇다, 친구를 사귀는 데 시간이 걸리는 것처럼.

조지아 오키프

슬로 라이프

느리고 단순한 삶은 우리의
마지막 선택이다

슬로 라이프Slow Life라니, 이상한 말이다. 영어에는 이런 표현이 없다. 이 말을 쓰기 시작한 사람으로서 이 '브로큰잉글리시'가 유행하게 된 데 대해 다소 복잡한 심경이 아닐 수 없다. 변명처럼 들릴지 모르지만, 그 내력은 이렇다. 나는 《슬로 이즈 뷰티풀》이란 책에서 이렇게 썼다.

속아서는 안 된다. 매스컴이나 대기업이 말하는 '슬로 라이프'를 떠받치는 것은 다름 아닌 대량 생산·대량 소비·대량 폐기의 '패스트 이코노미Fast Economy'다. 그리고 미국형 '여유로운 전원생활과 주말의 아웃도어 라이프'를 지탱해가는 것은 최근 떠들썩한 부시 주니어의 "향후 20년간 쉬지 않고 발전소를 짓겠다"라는 계획이다.

내가 염려한 대로, 아니 나의 예상을 훨씬 뛰어넘어 슬로 라이프라는 말은 이제 미디어에서도 널리 쓰이게 되었고, 기업과 지방자치단체들도 그 언저리로 모여들고 있다. 그러나 나는 이런 현상이 반갑기보다는 불안하다. 이탈리아의 슬로 푸드 운동에서 나온 '슬로'도 그렇고, 우리의 '나무늘보 친구들' 저자가 1990년 만든 NGO의 이름. 나무늘보를 뜻하는 일본어 '나마케모노'는 게으름뱅이라는 뜻도 가지고 있다-역주 모임에서 말하는 '슬로'도 그렇고, '슬로'에는 본래 '친환경'이라든가 '지속 가능한'이라든가 '글로벌에 맞서는 로컬'이라는 의미가 담겨 있는데 그것이 슬로 라이프를 표방하는 잡지 등에 실리면 대부분 간과하고 만다.

당연하다면 당연한 것이겠지만, 지금 기업은 슬로 라이프 실현에 필요하다고 여기는 여러 물건과 서비스를 파는 데만 열을 올리고 있다. 여기에는 느림이라는 말 속에 담겨 있어야 할 '뺄셈'의 발상은 빠져 있고, 덧셈만 잔뜩 들어가 있는 셈이다.

영어권에서 '슬로 라이프'가 낯선 표현이지만, '심플 라이프'는 익숙한 표현이다. 실제로 북미 쪽에서는 최근 들어 이 '심플'이라는 콘셉트가 인기를 끌고 있다. 그곳에서도 물질적 풍요만을 우선하는 자본주의 경제와 근대 문명의 양태에 질린 '문화 창조자'라 불리는 많은 사람이 덧셈이 아닌 뺄셈의 발상으로 움직이기 시작했다. '슬로'와 '심플'은 지금 시대의 심리와 지향을 나타내는 비슷한 표현이라고 볼 수 있다.

그런데 '느림'이나 '단순함'으로는 물건이 안 팔리게 되는 것 아닐까 하는 의문이 들지도 모른다. 어떤 의미에서는 그렇기도 하다. 이제까지의 돈벌이는 전쟁이라든가 환경 파괴 같은 것을 모두 정당화하는 더러운 게임이었으니까. 전쟁이 사라지면 물건이 안 팔리게 되어 경제성장이 둔화되고 실업자가 많이 나올지도 모른다. 또 물건을 이전처럼 자유롭게 만들지 못하고 쉽게 버릴 수 없어서 생산이 위축되고 GDP(국내 총생산)가 내려갈지도 모른다. 그러나 우리의 존재 기반인 생태계를 지키기 위해서 이런 과정은 꼭 필요한 것이고, 결국은 경제에 있어서도 다행스러운 일일 것이다.

은퇴 후의 느긋한 삶을 위해 지금은 맹렬하게 일한다는 사람도 있다. 하지만 빠르고 더러운 경제가 슬로 라이프를 가져다준다는 것은 세계화 경제가 전 지구를 풍요롭게 한다는 식의 논리와 조금도 다를 바 없는 환상에 불과하다.

소박하고 느긋한 삶을 누리기 위해서는 역시 풍요로운 자연에 기반을 둔 '지속 가능한 친환경 경제'의 구상과 창조가 필요하다. 그러기 위해서는 먼저 각자가 '지금 여기'에서 할 수 있는 것부터 하나하나씩 뺄셈을 시작해 서서히 줄여가는 길밖에는 없다.

멈춰 서지 않으면

갈 수 없는 곳이 있다.

아무것도 없는 곳에서밖에는

볼 수 없는 것이 있다.

오사다 히로시, '멈춰 서다' 중에서

이어 읽기

에코 이코노미(204), 뺄셈의 발상(252), 컬처 크리에이티브(258), 지금 여기-친밀감(287)

느림의 철학자들

오사다 히로시長田弘

1939년생. 《심호흡의 필요》, 《세계는 한 권의 책》, 《보라, 여행자여》, 《나의 20세기 서점》, 《산책하는 정신》, 《독서의 데모크라시》, 《시는 친구를 가르치는 방법》 등의 시집을 출간했다.

그의 시와 문장은 '느림의 학문'이라 할 만한 것들로 넘쳐난다.

특히 시집 《식탁 일기일회一期一會》는 슬로 푸드에 대한 뛰어난 교과서라 할 만하다.

흘러간다, 천천히, 강물도 삶도….

에콰도르 차치족

걷기

|

슬로 라이프의 첫걸음은
산책을 되찾는 일이다

"슬로 라이프를 어디서부터 시작하면 좋을까요?"라는 질문을 자주 받는다. 슬로 라이프의 시작으로 추천할 만한 것은 '걷기'다. 걷기에는 두 종류가 있다. 하나는 A 지점에서 B 지점으로의 이동, 그리고 다른 하나는 그냥 발길 닿는 대로 걷는 산책.

첫 번째의 이동에는 어딘가에 도달해야 한다는 분명한 목적이 있으니, B 지점이 바로 목적지다. 여기서는 '목적에 어떻게 효과적으로 도달하느냐' 하는 것이 중요하다. 어떻게 하면 최소한의 에너지로 가장 짧은 시간에 B 지점에 도달할 수 있느냐가 문제다. 걷는 대신 차를 이용할 수도 있고, 차 대신 비행기를 탈 수도 있다. 하지만 그러기 위해 소비되는 시간은 아무리 단축되었다고 하더라도 여전히 낭비일 수밖에 없다. 왜냐하면 되도록이면 쓰고 싶지 않은데 써버릴 수밖에 없는, 필요악으로서의 시간이기 때문이다.

그렇다면 산책의 경우는 어떨까? 산책의 '산散'은 마치 목적이 흩어져 있음을 말해주는 듯하다. 걷는 것 자체에 만족하고 있는 상태라고 할 수 있다. 여기에는 무엇이든 있을 수 있다. 샛길, 돌아가는 길, 한눈 팔면서 가는 길, 에움길, 곁길, 어슬렁거리며 걷는 길⋯. 길을 가다가 잠깐 멈춰 서도 좋고, 가던 길을 그냥 되돌아와도 좋다. 혹은 길을 잃어도 무방하다. 길 가다 아는 사람을 만나면 잠시 멈춰 서서 얘기를 나눌 수도 있다. 하나하나의 길이 모두 다르고, 비록 같은 길일지라도 어제의 길과 오늘의 길이 서로 다르다. 맑은 날과 흐린 날의 길이 다르고, 같이 걷는 사람에 따라 길이 다르고, 겨울과 여름의 길이 다르며, 진달래가 피어 있는 길과 수국이 피어 있는 길이 다르다.

한쪽에 더 빨리 효율적으로 도달해야 한다는 목표가 있다면, 다른 한쪽에는 무엇이든 할 수 있고 무엇이든 누릴 수 있는 자유가 있다. 여기서 한쪽을 선택하고 다른 한쪽을 버려야 한다는 생각으로 양자택일의 시험에 빠져들 필요는 없다. 인생에는 그 두 가지 길이 모두 필요하니까. 하지만 언제부터인지 우리는 인생을 A 지점에서 B 지점으로의 이동만으로 여기고, 산책 쪽은 점점 잊어버리게 되었다. 어슬렁어슬렁 산책을 즐길 때처럼, 목적과 수단의 세계에서 해방되어 무엇이든 존재할 수 있는 시간과 공간을 과연 우리는 얼마나 지니고 있는 것일까? 효율성, 생산성 같은 경제적 척도로 이 귀중한 자유를 낭비라는 한마디로 정리해버리고 있는 것은 아닐까?

슬로 라이프의 첫걸음은 산책을 되찾는 일이다. 목적지에 도달하는 곧게 뻗은 길을 버리고 샛길로 들어가 한눈을 팔거나, 멀리 돌아가면서 이것저것 살펴보는 것을 자신에게 허용하는 일이다. 자동차를 타는 대신 천천히 걸어보는 사치를 자신에게 허락하자. 어디 한번 느릿느릿, 어슬렁어슬렁 걸어보자.

노는 즐거움, 자신이 어딘가 목적지로 가는 길 위에 있다는 생각에서 해방되어 지금을 사는 자유, 그저 거기에 존재함으로써 얻는 기쁨을 인정하자. 그 역시 다른 무엇보다도 소중한 일이라 여기면서. 단순한 취미나 여가에 속하는 일로서가 아니라 인간의 존재 방식으로서, 본질적인 시간의 사용 방식으로서 말이다.

> 걷기의 신神인 발바닥은 노래한다.
> "멈춰 섬 또한 좋은 일"이라고.
>
> 나나오 사카키, '걷기의 신, 발바닥' 중에서

이어 읽기
방랑(24), 놀기(199), 지금 여기-친밀감(287)

할머니와 산책하는 아이들

-

캐나다 밴쿠버

방랑

진정한 풍요를 위해 물질과 돈에
의지하지 말자

나는 이제까지 다양한 곳에서 나나오 사카키ナナオ サカキ에 관한

이야기를 들어왔다. 캐나다에서, 미국에서, 멕시코에서, 호주에서, 아이누

일본 홋카이도와 사할린, 쿠릴열도 등지에 살고 있는 동아시아 종족의 하나-역주 마을에서, 가고시마

의 야쿠시마에서, 오키나와에서, 오사카에서. 또한 반원자력 발전, 반핵·반

전·평화 그리고 환경 보전을 위한 행진이나 현장에는 반드시라고 해도 좋

을 만큼 그의 모습이 항상 목격되었다고 한다. 일본을 종단하고 미국 대륙

을 횡단했다 하고, 나가라강과 태즈메이니아, 이사하야 등지에서 그를 보

았다 한다. 정말이지 그가 실존 인물인지 의심스러워질 지경이다.

    그의 시는 일본에서보다 북미와 유럽에서 더 널리 읽히고 있다. 최

근에는 이탈리아에서도 그의 시집이 인기를 모으고 있다고 한다. 미국에

서 출판된 그가 영역한 고바야시 잇사小林一茶의 하이쿠排句 5·7·5의 3구 17

자로 된 일본의 짧은 시. 계절을 나타내는 말이 들어가 있는 것이 특징-역주 모음집 또한 호평을 얻

고 있다. 영어 제목 《Inch by Inch》는 "달팽이여, 느릿느릿 오르거라, 후지산까지"의 '느릿느릿'에서 나온 것이다. 그리고 보니 나나오 자신도 '수학이여, 걸어라'라는 시를 썼다.

하루에 3킬로 40년 걸어서

사람은 지구를 일주한다…

하루에 30킬로 36년 걸어서

사람은 달에 도착한다.

그는 일본 히피 문화의 원조라고도 일컬어진다. 미국 동시대 시인들과의 교류도 깊었는데, 앨런 긴즈버그는 나나오에 대해서 이런 시를 남겼다.

수많은 시냇물에 씻긴 머리

4개 대륙을 걸어온 정갈한 다리…

나나오의 두 손은 믿음직하다.

별빛처럼 빛나는 날카로운 펜과 도끼

앨런 긴즈버그, '나나오' 중에서

또 친구인 게리 스나이더는 이렇게 말한다.

나나오의 시는 발로 쓴 것이다. 앉음으로써 태어나고 걸음으로써 탄생한 시들이며, 지성이나 교양을 위해서가 아닌 생을 위해서, 생생하게 살아 있는 삶의 궤적으로서 여기에 자리하고 있다. 나나오의 시를 운동화 속에 넣고 몇 마일이라도 걸어보련다!

게리 스나이더, '코코페리' 중에서

나나오는 친구들에게 자신이 가장 좋아하는 세 가지에 대해서 자주 말했다. 별, 암석 그리고 새. 가능한 한 그는 가볍게 다니고 싶어 했지만, 자신의 애장품인 쌍안경 3개는 도저히 손에서 놓을 수 없었다고 한다. 그리고 그의 마음속에는 전 세계를 돌아다니며 쌓은 무수한 추억이 보석처럼 빛났다. 절친했던 아이누의 조각가 스나자와砂澤 비키와의 추억, 이사하야만에서 수문 개방을 염원하는 지역민들과 함께 맞이한 새해 아침, 멕시코의 산속 동굴에서 지냈던 일들, 멕시코 사막에서의 체험, 캐나다의 대서양 쪽에서 바라본 주변을 어둡게 물들일 정도로 하늘 가득 날아다니던 새들의 모습.

그의 건강 비결은 소식小食이었다. 대변은 언제나 말끔하게 끊어져 화장실 휴지가 필요 없을 정도였다. 80세에도 매일 산길을 10킬로미터 이상 걸었고, 겨울에는 눈이 많은 곳으로 가서 설피 눈에 빠지지 않기 위해 신발 바닥에 대는 덧신으로 칡이나 노 또는 새끼 따위로 얽어 만든다-역주를 신고 걸었다. 예전에는 스키도 많이 탔지만, 그에게는 그 속도가 너무 빠르게 느껴졌다. 스키를 타면 스쳐 지나가는 식물을 잘 볼 수 없었으며, 동물을 만나기도 어려웠다.

'야생의 소리 있어'라는 시가 있는데, 그것은 인간들에게 전하는 야생의 소리를 나나오가 대필한 것이라고 알려져 있다. 그 시에는 '경쾌하고도 믿음직스러운 경제사회로 나아가는 길'을 위한 열 가지 항목이 열거되어 있다. 이는 슬로 라이프를 지향하는 사람들을 위한 열 가지 조항이기도 하다.

1. 최소한의 필요한 것만을 구하자.

2. 공장 제품이 아닌 손으로 만든 것을 쓰자.

3. 슈퍼마켓이 아닌 개인 상점 또는 생협과 손잡자.

4. 허영과 낭비의 상징인 과대 광고를 거부하자.

5. 최대의 낭비인 군국주의와 연관되지 말자.

6. 생활의 모든 면에서 더욱 연구하고 창조하자.

7. 새로운 생산과 유통 시스템을 시도하자.

8. 땀과 생각을 서로 즐겁게 나누자.

9. 진정한 풍요를 위해 물질과 돈에 의존하지 말자.

10. 야생을 향한 첫걸음 - 잘 웃고 자주 노래하고 잘 놀자.

지금쯤 나나오는 어느 곳을 걷고 있을까?

느림의 철학자들

게리 스나이더Gary Snyder

1930년 샌프란시스코에서 출생. 대학에서 인류학·언어학·일본어·중국어 등을 공부한 뒤

1955년 비트 운동에 참여했고, 이후 사색의 시간을 가져오다 미국 현대시를 대표하는 시인이 되었다.

1956년부터 1968년까지 일본에 거주하며 문화와 종교를 배웠다.

시집 《거북의 섬》(1974)으로 퓰리처상을 받았으며,

지은 책으로 시집 《노 네이처》, 《끝없는 산하》, 에세이집 《야생의 실천》 등이 있다.

야생의 소리

-

캐나다 서해안의 원시림

근면-게으름

|

생각해보자, 누구를 위한 근면인지…

느림이라는 말이 유행하고 나도 그 언저리에 있는 사람으로 소개되면서, 이런저런 강연과 세미나 등에 불려 다니게 되었다. 그런 곳에 가서 느끼는 것 가운데 하나는 아직도 사람들의 마음속에는 여전히 근면 사상이 살아 숨 쉬고, 게으름에 대해서는 거의 공포와 경멸에 가까운 감정을 품고 있다는 사실이다.

다다 미치타로는 지금으로부터 40여 년 전 일본에서 이렇게 한탄한 바 있다. "세상에는 어째서 근면 사상만이 판을 치고 있고, 게으름의 이데올로기는 없는 것일까? 경제학만이 유행하고, 어째서 '게으름학'은 없는 것일까?"

21세기에 들어선 지금도 우리는 여전히 근면 사상의 족쇄에 묶여 있는 것은 아닐까? 일본의 자살자 수는 알려진 것만도 하루 평균 100명에 가깝다. 전문가들은 그 열 배의 자살 미수자가 있다고 말한다. 그 이유의 대부분은 일이며, 자살자 가운데는 직장을 잃은 남성이 많다. 나는 여기서도 근면 사상의 폐해를 본다.

영어의 '인더스트리Industry'라는 말은 산업과 근면을 동시에 의미한다. 서양에서 산업주의와 근면 사상은 떼려야 뗄 수 없는 관계라 할 수 있다. 이와 더불어 기독교 전통에 있어서 태만은 죽음에 값할 만한 7대 죄악 분노, 시기, 탐식, 교만, 태만, 탐욕, 정욕. 기원후 6세기에 교황 그레고리 1세가 모든 죄의 근원을 규정한 것으로, 이 죄를 짓다가 죽을 경우에는 천국에 갈 수 없다고 선포했다-편집자 주 가운데 하나다.

영국의 철학자 버트런드 러셀이 지은 《게으름에 대한 찬양》을 보면, 사람들은 일이나 노동 자체를 훌륭한 것으로 믿고 있는데, 실은 그것이야말로 사회에 커다란 해악을 끼친다. 일의 내용보다는 일한다는 것 자체만을 중요하게 여기기 때문이다. 오늘날 사람들은 취업률 저하에 대해서는 민감하게 반응하지만, 정작 노동문제에 대해서는 별 관심이 없는 듯하다. 아이들은 부모가 매일 일하러 나가는 것은 알지만, 실제로 일하고 있는 모습을 직접 보는 경우는 드물고, 무슨 일을 어떻게 하는지 궁금해하지도 않는다.

역사적으로 볼 때, 과거에는 생산물을 힘으로 빼앗은 지배자들이 생산자들에게 노동의 존엄성이라는 도덕을 강하게 심어줌으로써 착취 구조를 은폐하려 했다고 러셀은 지적한다. 생산자들의 노동이 아무 일도 하지 않는 지배자들의 생활을 지탱한다는 사실이 노동의 존엄 사상을 통해 가려진 것이다. 지배자들은 생산자들을 물리적으로 강제하거나 통제하는 것보다 이런 생각을 주입하는 것이 훨씬 더 효과적이라는 것을 알았다.

러셀은 그 시대에 대해 다음과 같이 말한다.

"과학기술이 진보하고, 지금은 기계가 인간의 노동시간을 대폭 감소시키고 있어서 적게 일하고도 안락하게 살 수 있는 가능성이 높아졌다. 하지만 자본주의는 불필요한 것을 잔뜩 생산하게 하고, 일부 노동자들을 과도하게 일하게 함으로써 결국 다시 실업자를 만들어낸다. 기계를 도입해도 노동시간을 줄이는 것이 아니라 인원을 삭감해 남은 노동자들의 생산성을 높인다. 그런데 노동의 존엄이라는 신화가 유지되기 어려울 때는 어떻게 할까? 그때는 전쟁을 한다. (중략) 어떤 사람들에게는 고성능 폭약을 만들게 하고, 또 다른 사람들에게는 그것을 폭발하도록 한다. 그때 우리들의 모습이란 불꽃놀이를 막 알기 시작한 어린애와 똑같다."

전쟁의 세기인 20세기. 수많은 전쟁을 관통하는 사상으로 생산주의와 경쟁주의가 있었다. 러셀은 그것들이 노동의 존엄이라는 신화로 지탱됐다고 지적했다. 그는 또 현대인은 무슨 일을 하든 그것이 다른 일의 목적이 되어야만 가치 있게 여긴다며, 세기를 넘어 번성하고 있는 공리주의와 효율주의의 함정을 비판한다. 그것이 무엇인가를 위한 것이 아니면 무의미하다고 보는 사회. 그곳에서 '지금'은 장래를 위해 투자되어야만 하는 시간이다. 또한 거기서의 여가란 내일의 노동력을 준비하는 재생산일 뿐이며, 소비는 경기를 향상시키고 GNP(국민 총생산)를 높이는 재투자다. 그리고 '자연'은 그것이 인간을 위해 소용이 닿을 때만 '자원'이라 간주된다.

목적과 수단의 관계에서 벗어나는 일은 무가치하고 비효율적인 것으로 여겨진다. 쉬는 것과 노는 것은 그 자체로는 시간 낭비일 뿐이다. 노동력의 재생산이나 오락 산업의 번영을 위한 것일 때라야 비로소 가치가 있다. 게으름을 피우는 것은 용서받기 힘든 일. 그냥 걷기 위해서 걷는다거나 그저 빈둥거리고 싶다거나 또는 그저 멍하니 경치를 바라보는 일은 게으름뱅이나 하는 짓이다. 그저 살아가고 살아 있으니까 살아간다고 하는 것은 도무지 통하지 않는 세상이다.

깊이 알기
버트런드 러셀, 《게으름에 대한 찬양》, 사회평론, 2005년

이어 읽기
슬로 라이프(15), 잡일(64), 분발하지 않기-장애인(182), 지금 여기-친밀감(287),

느림의 철학자들
다다 미치타로 多田道太朗
1924년 교토에서 출생. 교토 대학교 문학부 명예 교수.
독창적인 일본 문화론과 동서 문화 비평으로 널리 알려져 있다.
특히 《게으름뱅이의 공상론》으로 대표되는 게으름뱅이 철학과 《놀이와 일본인》으로 대표되는
놀이 철학, 《몸짓과 일본 문화》로 대표되는 신체론 등은 근대주의에 대한 통렬한 비판을 담고 있다.

패스트 하우스-슬로 디자인

|

입고 먹고 사는 일 모두를
다시 디자인하기

'주거하는 것'이라는 제목의 글에서, 이반 일리치는 주거하는 것은 인간뿐이라고 말한다. 곤충이나 새, 짐승이 집을 갖는 행위와 달리 인간은 문화라는 직물 안에 직조된 '주거하는 기술Art'을 대대로 계승하고 학습하면서 스스로를 점차 디자이너이자 기술자, 생활자로 만들어나간다는 것이다.

과거를 돌이켜볼 때 각자의 '생명 지역' 안에, 그리고 각자의 공동체 안에 '주거하는 기술'이 존재해왔다. 그것은 먹는 기술, 사랑하는 기술, 꿈꾸는 기술, 괴로워하는 기술, 죽어가는 기술 등과 하나가 되어 각각의 지역에 특유의 생활양식을 만들어나갔다.

과거에 집은 그곳에 사는 사람들이 오랜 시간에 걸쳐 자신이 직접 만들어간 공간이다. 하지만 오늘날 주거 문제에서 전문가 집단의 독점 지식이나 기술, 기계에 의존하지 않을 수 없는 우리는 그 문제에 대해 완전히 수동적일 수밖에 없다. 전선, 전화선, 가스관, 수도관, 하수도 등 우리는 수많은 관을 통한 생명 유지 장치와 연결되어 살아가는 '식물인간'인 셈이다.

우리는 지금까지 바다와 습지를 메우고 숲을 베고 산을 깎아서 만든 땅을 조금씩 잘라내서 값비싸고 흉하고 환경 파괴적이며 건강에도 해로운 주택을 급조해왔다. 이것이 바로 일본의 급속한 경제성장을 지탱해온 주거 산업의 실상이다. 건축재는 업자의 의향에 따라서, 방 배치는 일련의 하이테크 전자 제품이나 가구를 비롯한 너무나도 많은 가재도구에 맞춰 결정된다. 집은 이미 하나의 '물건 저장고'가 되었다. 바로 주거의 '맥도날드화', 패스트푸드 아닌 '패스트 하우스'의 완성이다.

맥도날드화, 세계화, 패스트푸드화의 물결이 전 세계 음식 문화를 급격하게 침식하고 있다. 그러나 맥도날드화하고 있는 것은 음식만이 아니라 우리 생활 전반이다. 최근 일부 지역에서 패스트푸드에 대항해 '먹는 기술'의 복권을 요구하는 슬로 푸드 운동이 시작된 것처럼, 이제는 '주거하는 기술'의 재생을 향한 '슬로 디자인 운동'이 곳곳에서 태동하고 있다.

두말할 것도 없이 음식과 주택 모두 우리 문화의 근간이다. 슬로 푸드가 먹는 행위를 통해서 사람과 사람, 사람과 사회, 사람과 자연 관계를 다시 보고, 먹는 행위의 의미를 재정립하려 애쓰고 있듯이 슬로 디자인 또한 주거 문제를 인간적 관점에서 재정립해 제대로 된 공정을 복원하려는 움직임이다. 이는 친환경적 삶의 방식으로 '제대로 살기' 위한 하나의 시도인 셈이다.

환경에 부담을 주지 않는 건축과 도시 계획을 제창하고 나선 건축가 윌리엄 맥도너에 따르면, 환경 위기란 '나쁜 디자인'을 뜻한다. 이제까지 디자인이라는 말과 환경문제 사이에 일련의 관계가 있음을 알아차린 디자이너는 그리 많지 않다. 그렇다면 우리는 이제 '디자인'이라는 개념 자체를 바꿀 필요가 있다. 슬로 디자인이란 주거에 한정되지 않고, 더 나아가 입고 먹는 문제까지 포함하는 라이프스타일 전반을 다시 디자인하는 일이기 때문이다.

깊이 알기
윌리엄 맥도너·미하엘 브라운가르트, 《요람에서 요람으로》, 에코리브르, 2003년

이어 읽기
맥도날드화(38), 생명 지역(109), 친환경 주택(238)

느림의 철학자들
이반 일리치Ivan Illich
1926년 빈에서 출생했으며 2002년 사망했다. 한때 사제였던 그는 1980년대 이후 독일과 미국의 대학을 중심으로 강연, 연구 활동을 전개했다. 그의 사색과 실천은 가장 급진적인 근대 비판으로 1970년대 이후 저항 문화의 모델이 되었다. 지은 책으로 《성장을 멈춰라!》, 《행복은 자전거를 타고 온다》, 《학교 없는 사회》, 《병원이 병을 만든다》 등이 있다.

공동체 남자들이 모여 집을 짓고 있다.

-

에콰도르 차치족

맥도날드화

|

패스트푸드가 세계를 균질화하고 있다.

21세기 들어 확산되기 시작한 식품의 안전성에 관한 불안은 마침내 2002년 광우병 파동, 식품의 원산지와 첨가물 등의 허위 표시, 잔류 농약 같은 사건을 계기로 사람들의 의식을 점점 더 무겁게 짓누르고 있다. 그러나 대부분의 사회문제에 대해 그렇듯이 매스컴은 식품 관련 사건을 그저 개별적인 문제로만 다룰 뿐, 사회 조직이나 문명의 양태와도 관련된 구조적 문제라는 사실은 간과하고 있다. 나는 현재 진행되어가고 있는 이 먹거리의 위기를 '음식의 패스트푸드화'라 부르고 싶다.

음식의 패스트푸드화라고 할 때, 나는 단순히 음식 자체의 오염만을 말하는 것이 아니다. 최근 들어 매스컴에서는 과도한 가공과 화학물질에 의한 음식물 오염의 위험성을 지적하고 있으며, 이에 대한 사람들의 인식도 점차 높아져가고 있다. 하지만 그것은 음식을 둘러싼 위기의 극히 일부에 지나지 않는다. 중요한 점은 식품을 제조하는 쪽뿐 아니라, 그것을 먹는 소비자의 식생활에도 중대한 결함이 있음을 인식하는 일이다. 음식 문화 쇠퇴나 그에 따른 식습관 왜곡에 대해 우리가 지닌 위기 의식은 놀라울 정도로 아직 일천하다.

전후 미국의 대일 경제 전략에 따라 '밥만 먹으면 머리가 나빠진다'는 선전에 현혹되어 사람들은 육류와 우유, 빵 등을 열심히 섭취했다. 이러한 흐름을 비즈니스에 이용한 사람이 일본 맥도날드 창업자 후지다 덴藤田田이다.

"맥도날드의 햄버거와 감자를 1000년 동안 계속 먹으면 일본인도 키가 커지고 피부가 하얘지며 머리카락은 금발이 될 것이다."

조롱하는 듯한 후지다의 이러한 말이 그대로 통용될 만큼 당시 일본 문화는 쇠약해져 있었다. 음식 문화가 빈약해지고 식습관이 왜곡됨으로써 화학물질이 함유된 식품이 활개를 치게 된 것이다. 이제 우리는 자신의 습관을 되돌아보고 문화를 재생하려는 노력 없이는 '식품의 안전'은 있을 수 없는 일임을 깨달아야 한다.

패스트푸드란 단순히 시간이 걸리지 않아 빠르게 먹을 수 있는 음식이 아니다. 그것은 음식이나 요리법뿐 아니라, 음식을 둘러싼 사람들의 생활, 인간관계, 인간과 자연과의 관계, 산업 구조 등에 공통적으로 나타나고 있는 양식이자 사상이다.

과거 이른바 동서 냉전이 종결된 후 전 세계의 미디어는 맥도날드와 코카콜라가 베이징과 모스크바에 등장한 것을 두고 마치 '인류의 위대한 진보'라도 되는 양 요란스레 선전했다. 이제 구소련권에서도 어디서나 흔히 볼 수 있는 게 패스트푸드점이다. 심지어 마실 물이 없는 지역에도 코카콜라와 펩시콜라만은 버젓이 존재한다. 현재 맥도날드는 세계 120개국 이상에 약 3만 4000여 개의 점포가 있다. 이제 패스트푸드는 세계 최대의 산업이며, 세계화의 중심이다.

오랜 세월에 걸쳐 각 지역의 생태계에 뿌리내리고 발달해온 음식 문화는 패스트푸드에 의한 균질화의 물결에 떠밀려 급속하게 사라져가고 있다. 그렇지만 최근 들어 여기저기서 패스트푸드가 비만을 비롯한 여러 가지 건강 문제를 일으키고 있다는 것이 과학적으로 입증되고 있다.

나는 맥도날드를 보이콧하기 시작한 지 이미 오래다. 하지만 이른바 패스트푸드 레스토랑을 피하는 것만으로 우리의 정신 문화 깊은 곳까지 침투해버린 사회의 맥도날드화나 패스트푸드화에 저항하기는 어렵다. 그러나 이제 그렇게까지 심각한 얼굴을 하지 않아도 될지 모른다. 왜냐하면 패스트푸드에 대항하는 우리의 '슬로다운Slowdown' 감속, 줄이기 등을 의미하는 단어로, 패스트푸드화한 일상을 조금씩 줄여나간다는 뜻으로 쓰인다-편집자 주이 잊혀가고 있던 먹는 일의 진짜 쾌락을 하나하나 되살려나갈 것이기 때문이다. 이는 실로 가슴 설레는 싸움 아닌가. 생각해보면 우리는 맛있는 음식을 천천히 먹기 위해 세상에 나온 것이 아닌가.

깊이 알기
조지 리처, 《맥도날드 그리고 맥도날드화》, 풀빛, 2017년

이어 읽기
슬로 푸드(48), 생산한다-기다린다(53), 육식(246)

한국의 맥도날드 매장. 일본보다 덜 붐비고 있는 것처럼 보인다.

-

대한민국 서울

반세계화

|

세계는 상품이 아니다

　슬로 푸드를 요리 트렌드나 기업의 새로운 외식 아이템쯤으로 여기는 이가 많다. 그런 이들은 지금 전 지구적 물결을 이루고 있는 반세계화 운동의 중심에 슬로 푸드가 자리하고 있다는 사실을 모르는 것이다.

　먼저 유럽의 반세계화 운동과 슬로 푸드 운동의 중심 인물인 조제 보베에 대해 살펴보기로 하자. 조제 보베는 프랑스의 르라르자크 지방의 몽트르동이라는 작은 촌락에 사는 농부로, 그 유명한 로케포르 치즈 생산자다. 그의 이름은 1999년 8월 프랑스 남부 지방 미요에서 일어난 사건을 통해 전 세계에 널리 알려지게 되었다. '보베와 9명의 동지(이들을 '미요 10'이라고 부른다)'는 트랙터를 타고 건축 중인 맥도날드 매장을 파괴하다가 체포되었다. 이 사건 전에도 보베는 반핵·환경 운동가로서 다양한 활동을 펼친 바 있는데, 그 가운데 하나가 유전자 조작 작물에 관여한 다국적기업의 시설을 파괴하는 것이다.

그가 펼친 일련의 활동 뒤에는 좀 더 넓은 배경이 있는데, 그것은 EU(유럽 연합)와 미국 사이에 일어난 무역 마찰이다. 우선 EU가 성장 촉진 호르몬제를 사용해 기른 쇠고기에 대해 국내산과 수입품을 불문하고 판매를 금지시켰다. 그러자 미국은 WTO(세계무역기구)를 통해 이러한 EU의 수입 금지 제재가 자유무역에 반하는 불공정한 조치라며 철회를 요구했다. 경제의 세계화를 추진하는 WTO는 이런 대립 상황에서는 사회적인 악영향이나 환경 파괴에는 눈감고 다국적기업의 손을 들어주는 것이 상례였다. 이때도 WTO는 미국의 주장을 받아들여 EU의 조치를 불법적인 것으로 간주했다. EU가 이를 거부하자 WTO는 이에 대한 보복 조치로 미국이 유럽에서 수입하는 물품에 대한 관세 인상을 허용했다. 그 수입품 가운데 하나가 보베의 로케포르 치즈였던 것이다.

1999년 말 시애틀에서 열린 WTO 회의를 반세계화 데모대가 포위한, 이른바 '시애틀 투쟁'에서도 보베를 필두로 한 '미요 10'은 영웅이었다. 2000년 6월에는 그들의 재판 투쟁을 지원하기 위해 미요에 5만여 명이 집결했다. 데모대의 유니폼이 된 티셔츠에는 "세계는 상품이 아니다"라는 보베의 말이 적혀 있었다. 프랑스의 여론조사에서도 60% 이상의 사람이 보베의 용기와 성실성을 높이 평가했다.

이와 같은 일련의 사태를 취재한 도넬라 메도스와 헬 해밀턴은 보베가 사는 마을을 방문해 다음과 같은 주목할 만한 사실을 취재한 바 있다. 불과 6~7세대가 사는 이 작은 마을에는 일주일에 한 번 시장이 서는데, 인근 마을 사람들이 각자 생산한 농산물과 공예품을 들고 모여든다. 이들은 자신이 가지고 온 음식물과 와인을 사람들과 함께 먹고 마시며 노래하고 춤춘다. 연극이 상연될 때도 있다. 여기에는 생산자와 소비자가 따로 없다. 하나의 공동체가 있을 뿐이다.

여러 세기를 이어온 르라르자크 지방의 생활은 이런 것이었다. 보베의 항의 행동이 상징적으로 보여준 것은 이러한 삶의 방식, 즉 '슬로 라이프'와, 맥도날드나 유전자 조작 작물로 대표되는 '패스트 라이프'의 대비였다. 메도스와 해밀턴은 이렇게 말한다.

시장 교환의 논리에 의해 지배되어온 문화 안에서는 모든 것이 상품화되어버린다. 우리의 시간도, 지식도, 경치도, 물도 그리고 음식물도. 보베와 그 공동체 사람들은 이에 대해 단호히 "안 된다"라고 말한다. 우리는 그것에 절대 반대한다고. 그러한 시스템에 말려들기를 거절한다고. 인간관계, 땅과의 관계 그리고 자신들의 생명을 돈으로 환산하기를 거부한다고. 공장에서 만들어진 음식물이 WTO에 의해 억지로 입에 쑤셔 넣어지기를 거부한다고. 우리에게는 자유무역이나 값싼 음식물보다 더 소중한 것이 있으니, 그것은 바로 공동체, 문화, 미각, 일 그리고 자연이라고.

쓰지 신이치, 《슬로 이즈 뷰티풀》 중에서

깊이 알기
나오미 클레인, 《No Logo》, 중앙M&B, 2002년
조제 보베·프랑수아 뒤푸르, 《세계는 상품이 아니다》, 울력, 2002년

이어 읽기
슬로 라이프(15), 슬로 푸드(48), 개발(96), 남북문제(178)

달러화한 대미 종속 경제 속의 체 게바라

-

에콰도르 바이아데카라케스

내 충고는 이렇다.

다른 사람들처럼 순간적으로 미각을 자극하는 것을 먹지 말도록.

감옥이나 병원에 있다면 먹는 것을 마음대로 선택할 수 없지만,

그렇지 않은 경우라면 우리는 먹을 것을 선택할 수 있다.

아직은 대기업이 공기와 햇빛, 잠, 휴식, 맑은 물을 독과점하지 않지만,

세계인이 먹는 음식은 많은 부분을 독과점하고 있다.

오늘날 미국과 전 세계 사람 대부분은

비자연적인 음식에 길들여지고, 그런 음식을 남용한다.

이제 가공과 보존 처리를 거치면서 재료 본연의 특성이 없어지지 않은,

자연적이고 간단한 음식을 선택하는 것이 기본 지식이 되어야 한다.

상업적이고 복잡한 경제 구조 따위는 내던지고,

우리는 더 간단하고 건강에 좋고 쉬운 방식으로 먹도록 노력하자.

'저장된 썩은 것'을 먹느냐, '밭에서 갓 따 온 싱싱한 푸성귀'를

먹느냐의 선택권은 우리에게 있다.

헬렌 니어링, 《헬렌 니어링의 소박한 밥상》 중에서

슬로 푸드

|

우리는 맛있는 음식을 천천히 먹기 위해
세상에 태어났다

1986년 이탈리아의 시골 마을에서 태어나 지금은 5개 대륙으로 널리 퍼져 45개국 6만 명의 멤버를 거느리게 된 슬로 푸드 운동.

우선 내가 강조하고 싶은 것은 슬로 푸드라는 말이 지닌 절묘함이다. 물론 영어에는 이런 표현이 없다. 이것은 영어에 매우 서툰 사람들이 만든 이탈리아제 영어다. 이 말은 영어권에서 생긴 패스트푸드라는 말을 비튼 것이며, 여기에는 비아냥이 한껏 담겨 있다. 패스트푸드점에서 급하게 먹어치우는 햄버거 따위에 맛있는 향토 요리와 즐거운 식습관을 잠식당한다면 어디 그냥 두고 볼 수 있겠냐는 의지, 아이들과 손자들을 패스트푸드에 내맡겨야 하는 분함과 한심스러움, 유럽을 뒤덮은 세계화의 물결에 대한 불복종의 의지, 그리고 그 무엇보다 먹는 일에 대한 열정…. 발음하기조차 어려운 슬로 푸드라는 외국어에는 이런 다양한 생각이 가득 담겨 있다.

먼저 슬로 푸드 협회가 내놓은 슬로 푸드 선언을 살펴보도록 하자.

슬로 푸드 선언

산업 문명의 이름 아래 전개된 우리의 세기에 처음으로 기계의 발명이 이루어졌습니다. 오늘날 기계는 생활의 모델이 되었습니다. 우리는 속도의 노예가 되었고, 우리의 습관을 망가뜨리며 사생활을 침해하고 우리로 하여금 패스트푸드를 먹도록 하는 빠른 생활의 음흉한 바이러스에 굴복해 가고 있습니다.

호모사피엔스라는 이름에 맞게 우리는 종이 소멸되는 위험에 처하기 전에 이 광란의 속도에서 벗어나야 합니다. 어리석다고 말할 수밖에 없는 이 빠른 생활에 저항하는 유일한 방법은 물질에 대한 추구를 자제하는 것입니다. 감성의 기쁨과 느림의 즐거움을 제대로 누리는 것이야말로 효율성에 대한 흥분으로 인해 잘못된 방향으로 나아가는 무리로부터 감염되는 것을 막을 수 있는 가장 확실한 방법입니다.

우리의 방어는 슬로 푸드 식탁에서 시작되어야 합니다. 우리는 향토 요리의 맛과 향을 다시 발견하고, 품위를 떨어뜨리는 패스트푸드를 추방해야 합니다. 생산성 향상이라는 이름으로 빠른 생활이 우리의 존재 방식을 변화시키고 있습니다. 우리의 환경과 경관을 위협하고 있습니다. 지금 유일하고도 진정한, 용기 있는 해답은 슬로 푸드입니다. 진정한 문화는 미각을 퇴보시키기보다는 발전시켜야 합니다. 이렇게 하는 데는 경험, 지식, 국제적인 교환 프로젝트가 필요합니다. 슬로 푸드는 보다 나은 미래를 보장합니다.

슬로 푸드의 상징은 작은 달팽이며, 이 운동이 국제 운동으로 나아가는 데 함께할 능력 있는 많은 지지자를 필요로 합니다.

슬로 푸드 지지자들은 음식을 즐기는 쾌락주의자다. 두려움 없이 미각의 열락에 잠기는 일, 그러한 기쁨이 없는 곳에서 패스트푸드를 비판하는 일은 허무하다. 그것은 아이들과 젊은이들에게 금욕주의를 강요하는 것이나 다를 바 없다. 금욕주의만으로 맛있는 음식을 지켜낼 수 없는 것은 물론이다. 슬로 푸드 선언에도 있다시피 방어는 식탁에서부터 시작된다.

음식을 즐기는 사람들에게서야말로 맛있는 음식을 지키고, 또 그것을 다음 세대에 전하자고 하는 마음이 자라나게 된다. 오랜 세월 지역의 풍토와 문화를 통해 재배한 전통적인 식재료, 요리와 음료를 지켜내는 일 또한 슬로 푸드 운동의 중요한 과제다. 그것이 매몰되어 있는 경우에는 파내고, 녹슬어 있는 경우에는 광택을 내자. 그렇다고 이 운동에 단순한 보수주의만 있는 것은 아니다. 다른 지역의 음식 문화에도 호기심을 갖고, 거기서 힌트를 얻어서 자신들의 음식을 보다 좋게 향상하려는 마음도 흘러넘치고 있다.

슬로 푸드 운동은 질 좋고 안전하고 맛있는 음식을 제공하는 소규모 생산자를 소중히 여기며, 공정한 상거래와 유통 조직을 지지한다. 그리고 아이, 젊은이, 일반 소비자가 음식의 진정한 맛을 알도록 하는 데도 열심이다.

일본에 슬로 푸드 운동을 소개한 시마무라 나쓰島村菜津는 그의 저서《슬로 푸드적 인생!》후기에서 이렇게 말한다.

다소 거창하게 말한다면, 슬로 푸드란 입으로 들어오는 음식을 통해 자신과 세계의 관계를 천천히 되묻는 작업이다. 자신과 친구, 자신과 가족, 자신과 사회, 자신과 자연, 자신과 지구 전체의 관계를 말이다.

깊이 알기
카를로 페트리니(엮음), 《슬로 푸드》, 나무심는사람, 2003년

이어 읽기
슬로 라이프(15), 맥도날드화(38), 생산한다-기다린다(53)

과일을 위한 나무 타기, 나무 타기를 위한 과일

-

에콰도르 맹그로브 지대

생산한다-기다린다

우리는 생산자가 아니라
대기자일 뿐이다

먹는 것은 환경문제의 중심 테마다. 우선 '음식은 살아 있는 것'이라는 점부터 확인해보기로 하자. 살아 있는 동식물은 교배·교미하고, 성장·성숙하며, 늙고, 죽고, 다른 생명을 키우는 각각의 독자적 시간을 각각의 속도로 살아내고 있다. 오랜 역사 속에서 인류는 다양한 종의 생물 시간과 조화를 이루며 살아왔으나, 점점 이 느릿한 '생명 프로세스'를 지루해하며 더 이상은 못 참겠다는 듯 살아가고 있다.

E. F. 슈마허의 명저 《작은 것이 아름답다》의 첫 줄은 이렇게 시작한다. "현대사회는 몇 가지 아주 치명적인 오류를 안고 있는데, '생산 문제'가 해결되었다는 신념이 그중 하나다."

슈마허는 먹거리란 그 자체로 독자적인 시간을 사는 것인데, 인간이 안이하게 그 과정에 개입하거나 마치 자신들이 '생산'한 것처럼 여기는 것은 잘못이라고 지적한다. 생각해보면 생산자라는 단어는 참 기묘하다.

특히 제1차 산업에서 사람은 도대체 무엇을 생산하는 것일까?

민속 연구가로 특히 도호쿠東北 지방의 음식 문화에 대해 해박한 지식을 갖춘 유키 도미오는 생산자 대신에 '대기자'라는 말을 제안한다. 그는 농사를 짓는다는 건 작물의 시간을 함께 살아내는 일이라고 말한다. "저쪽에서 배추가 오면, 나는 그걸로 쓰케모노 일본식 절임 음식·역주를 만들어야지. 그리고 양배추가 오면 그걸로 양배추 롤을 만들고…" 이처럼 이쪽 사정을 일방적으로 강요하는 것이 아니라 채소의 형편에도 호흡을 맞추는 것이다. '인간의 척도와 작물의 척도 사이의 차이를 어떻게 극복하고 서로 조화롭게 맞추는가' 하는 데 농업의 성패가 달려 있다고 그는 지적한다.

근대의 농업·축산업·양식업에서는 '더 빨리, 더 많이'를 목표로 내걸고 가속화되는 산업 시간을 강요함으로써 생물 본래의 시공간을 단축시키려고 애써왔다. 예를 들어 양계장에서 사육되는 닭들은 한 평 공간에 스무 마리가 들어가 있고, 그들의 하루는 열두 시간으로 단축되어 있다. 북미에서는 보통 연어에 비해 열 배나 더 빨리 성장하는 이른바 '프랑켄 새먼' 프랑켄푸드Frankenfood의 한 종류. 공포 소설의 주인공인 프랑켄슈타인Frankenstein과 음식Food의 합성어인 프랑켄푸드는 논란이 되고 있는 유전자 변형 식품을 뜻하는 단어다. 프랑켄 새먼은 유전자 변형 연어를 뜻한다-편집자주이 개발되었다.

속성 재배, 단일 재배, 화학 비료, 농약, 항생 물질, 호르몬제, 유전자 조작, 유전자 복제 기술 등은 동식물이 본래 필요로 하는 시공간을 좁혀 산업의 가속화된 시간에 무리하게 짜 맞추려는 장치라고 할 수 있다.

각각의 생물이 본래부터 가지고 있는 시간을 박탈했을 때 과연 무슨 일이 일어날까? 그 생명은 혼란을 겪게 되며, 불안정해지고, 열성화劣性化되며, 폭력적으로 될 것이다.

인도의 환경 사상가이자 활동가인 반다나 시바는 이러한 현상에서 한 걸음 더 나아가, 붙잡힌 동식물에게 일어나고 있는 것과 똑같은 일들이 실은 우리 인간 사회에서도 일어나고 있다고 지적한다.

슬로 푸드란 먹거리를 통해 '기다리는 일'의 중요성을 다시금 상기시키는 것이 아닐까. 식탁에는 여러 다양한 시간이 혼재해 있다. 흙 속의 무수한 미생물이 식물을 키우는 시간, 계절마다 달라지는 바람과 비, 벌레들의 시간, 비가 땅속에 스며들면 식물의 뿌리가 그것을 빨아올리는 시간, 지형이나 기후·식생·생물의 성장에 맞추어서 그에 따라 적절하게 베풀어지는 농부들의 시간, 그들의 삶의 리듬. 그리고 음식물이 도시로 운반되는 유통의 시간, 조리와 숙성의 시간, 가족과 친구들이 식탁에 둘러앉아 먹거리를 천천히 즐기는 시간. 또 그러한 음식은 제단에 바쳐지기도 함으로써 지금은 이 세상에 없는 사람들과의 시간과도 연결해준다.

상대가 자연이든 사람이든 우리는 기다리고, 또 기다리게 하는 일에 점점 더 서툴러지고 있다. 요컨대 함께 살아가는 일에 점점 더 서툴러지고 있다는 뜻이 아닐까? 왜냐하면 함께 살아간다는 것은 기다리고, 또 기다려주는 일에 다름 아니기 때문이다. 혹시 우리는 지금 남을 사랑하는 일이 점점 더 어렵게 느껴지는 것은 아닐까? 왜냐하면 기다림을 뺀 사랑이란 존재하지 않기 때문이다.

느림의 철학자들

유키 도미오結城登美雄

1945년생. 민속 연구가. '없는 것 애달파하는 대신 있는 것 찾기'라는 모토 아래 도호쿠 지역을 연구했다.
지은 책으로《산에 살고, 바다에 산다》가 있고,〈현대농업〉지에 먹거리와 지역 특집 등을 주제로
평론을 기고하고 있다.

반다나 시바Vandana Shiva

1952년 인도 출생. 환경·여성 인권·국제 문제에 관해 세계에서 가장 역동적이고 선구자적인 사상가
가운데 한 사람이다. 핵물리학을 전공했다가 서구 과학기술의 문제점을 깊이 인식하고 생태 운동에
투신한 활동가다. 인도에서 다국적기업의 삼림 파괴에 반대하는 칩코 운동Chipko Movement을
조직했으며, 제3세계 생물의 다양성 문제와 다국적기업의 생물 해적질에 많은 관심을 가지고 다양한 반대
운동을 펼쳤다. 1995년에 또 하나의 노벨상으로 알려진 바른생활상Right Livelihood Award을 수상했다.
주요 관심 분야는 제3세계 생태 운동, 에코 페미니즘, 생명공학과 특허 문제, 다국적기업의 생물 해적질,
지역 공동체의 자생적 발전 문제 등이다. 지은 책도 아주 많은데, 대표적으로《살아남기》,《물전쟁》,
《위대한 전환》,《녹색혁명의 폭력》,《정신의 획일화》,《에코 페미니즘》(공저) 등이 있다.

56

된장 맛이 나는 떡에 마늘 맛이 숨어 있다.

-

이와테현 구즈마키

농업 - 농사

농사에는 농업이 잃어버린 생명의 시간이
아직 흐르고 있다

농사라는 말을 농업과 구별해서 생각하는 일이 중요해지고 있다. 농업은 경제 시스템 속에 있는 산업의 한 분야이고, 시장경제에서 산업은 효율성과 생산성을 둘러싼 경쟁을 그 원리로 삼고 있다. 다시 말해 농업이 존립하기 위해서는 각각의 농가와 농민이 이러한 경쟁에서 살아남아야 한다. 이에 비해서 농사는 농업이라는 시스템 속에 편입되기 이전부터 오랜 시간 인류 역사에 존재해온 생활양식에 가까운 의미로 보인다. 최근 일본에서는 '농적農的 생활'이라든가 '농사 체험'이라는 말이 심심치 않게 쓰이고 있다.

1970년대부터 생산자와 소비자를 직접 연결하는 산지 직거래 운동을 일으키고, 후일 가모가와에 자연 왕국을 설립, '농적 생활'의 모델 조성에 힘써온 후지모토 도시오藤本敏夫는 2002년 세상을 뜨기 직전에 이런 말을 남겼다.

"산업으로서의 농업이 현대인의 생존에 있어 필요한 것과 마찬가지로, 우리 한 사람 한 사람이 농사를 회복하는 일 역시 점점 더 중요해지고 있다."

그것은 단순히 식량 확보 문제에 그치는 것이 아니라 정신적이고 영적인 인간으로서의 생존과 밀접한 관계가 있는데, 이는 인간이 이중의 의미에서 공동체 속에 자신을 재정립하는 일이라고 한다. 생명 공동체인 생태계와 그곳의 먹이사슬, 그리고 그 공동체에 순응해 살아가야 할 인간 공동체와 그곳에서 전개되는 경제활동, 이 두 가지 생명의 연결 고리 속에서 비로소 인간은 자신의 존재를 증명할 수 있다고 한다. 후지모토에 따르면 이 '존재 증명'이야말로 현대의 키워드다.

"인간은 스스로의 존재를 증명할 수만 있다면 무엇이든 할 수 있다. 자신의 존재를 증명하기 위해 새로운 공동체를 모색하고 있는 것이 바로 현대인이라고 나는 생각한다. 젊은 사람들의 귀농 지향에도 그러한 측면이 있는 것이 아닌가."

'농사 체험'을 원하는 젊은이가 늘고 있음을 나 역시 피부로 느끼고 있다. 베란다에서 식물을 키워보고 싶다는 사람부터 커뮤니티 가든 같은 곳에서 활동하는 사람, 취직을 하더라도 주말농장이라도 찾아가고 싶어 하는 사람, 종자 보존 운동에 참여하는 사람, 여름방학에 농촌 봉사활동이나 농촌 체험을 하고 싶다는 사람, 그리고 농촌에 살고 싶어 하는 사람에 이르기까지 다양하다. 농사와는 별 인연 없어 보이는, 내 강의를 듣는 학생들 중에도 이런 사람이 속속 늘어나고 있다.

그러나 그들 대부분 전업으로서의 농업을 지향하고 있는 것이 아니다. 농업 또한 다른 산업 분야와 마찬가지로 경제 시스템 속에 존재하는 하나의 틀이다. 이러한 생활을 동경하거나 실제로 참여하는 젊은이 대부분은 산업사회의 틀 속에 자신을 끼워넣는 일 자체를 피하고 있다. 아마도 그들은 '농사'에는 산업이나 경제의 시간과는 전혀 다른 생명의 시간이 흐르고 있음을 직감하고 있는 듯하다.

수많은 젊은이가 '더 빠르게, 더 크게, 더 강하게'라는 산업사회의 신화가 깨지고 있음을 느끼고 있다. 단지 아직은 그것을 대체할 만한 다른 이야기를 자신들이 만들어갈 수 있을지, 혹은 만들어가도 좋을지 확신이 없는 것이다. 하지만 농촌을 지향하는 젊은이들의 무리는 이미 새로운 이야기가 곳곳에서 만들어지기 시작했음을 말해주고 있는 것은 아닐까.

이어 읽기
공포-안심(78), 흙(119), 있는 것 찾기(130), 에코 이코노미(204), 뺄셈의 발상(252)

농촌에서 보내는 일요일

-

요코하마 마이오카 공원

씨앗

|

종자를 보존하는 것은
생태계를 지켜내는 일이다

반다나 시바는 다국적기업에 의한 종자의 독점이 현재 인류가 직면한 최대의 위협이라고 강조하며 지역 공동체가 주도하는 종자 보존 운동이 무엇보다 긴급하다고 호소한다. 말할 나위도 없이 씨앗은 재생이라는 생명 현상의 핵이며 생명의 재생 없이는 사회를 유지해나갈 수 없다는 사실 또한 자명하다. 그러면서 그녀는 '그러나'라고 덧붙인다. 그러나 문제는 어지럽게 돌아가는 현대 산업사회에는 생명의 재생에 대해 생각할 시간적 여유가 없다. 우리는 생명의 재생을 기다릴 수조차 없게 된 것이다. 그녀의 말에 따르면, 현대 세계를 뒤덮은 생태학적·사회적 위기는 재생이라는 숭고한 가치가 격하되어 있는 데 기인하고 있다.

지구촌의 풍요로운 음식 문화를 뒷받침해온 재래 종자가 최근 들어 급속히 사라지고 있다. 이제 세계 작물 종자의 30%는 다국적기업 10여 곳이 독점하고 있으며, 그에 따라 재래종을 취급하는 지역의 종자 회사는

하나둘 자취를 감추고 있다. 다국적기업은 수확량 면에서 유통에 적합한 1
대 교배종을 개발하고, 다시 유전자 조작으로 새로운 종자를 만들어 농약
과 함께 그것을 판매함으로써 시장 독점을 꾀해왔다.

이러한 방식의 세계화와 균질화의 그늘에서 지역의 전통적인 음식
문화와 그것을 지탱해온 종자, 그리고 전승 문화는 점차 사라져가고 있다.
종자의 균질화와 함께 생물의 다양화에 의해 유지되고 있던 '생명 공동체'
인 지역이 교란되고 쇠약해지고 붕괴되어가고 있는 것이다.

이러한 위기 가운데 호주의 바이런 베이에 거점을 둔 '종자 보존 네
트워크'는 전 세계에 공동체의 종자 부활과 종자 은행 설치를 호소하고 있
다. 또한 지역끼리 서로 연합해 세계화에 대항하는 네트워크를 만들어가
고 있다. 이곳 대표인 팬튼 부부는 자신의 집 주변에 견본 정원이라 할 수
있는 야채 농원을 조성하고, 이곳을 방문하는 사람들에게 정성 어린 슬로
푸드를 대접하고 있다. 그들에게 종자 보존 운동이란 각각의 종자가 지니
고 있는 고유한 시간을 존중하는 일이다. 종자에는 긴 시간 속에서 배양되
어온 각 지역의 기후, 토양, 미생물 등과의 관계가 담겨 있다. 그리고 그 씨
앗을 뿌리고 기르고 다시 씨를 거두고 계속해서 보존해온 수세대에 걸친
농민들의 지혜와 삶이 깃들어 있다. 그래서 종자를 보존하는 일은 생태계
의 시간과 문화의 시간을 지켜내는 일이기도 하다.

이어 읽기
생산한다-기다린다(53), 공포-안심(78), 생명 지역(109)

잡일

|

잡스러움을 허용하지 않는 삶은 공허하다

"이러고 있을 때가 아니지." 우리 세대가 즐겨 쓰던 말이다. 우리는 늘 자신의 일상과 관련된 헛된 시간을 저주하며, 또한 자신 안의 비효율을 책망한다. 우리는 '시간이 걸리는' 일들 가운데서도 생산이나 돈으로 직접 연결되지 않을 듯한 일을 '잡일'이라든가 '잡무'라는 이름으로 분류한다. 가사 전반이 그러하다. 그것은 '할 수만 있다면 하지 않고 지나가고 싶은' 성가신 일로, 그런 일을 하는 것을 일종의 낭비로 여긴다. 또 그런 일에 손을 대면 댈수록 손해라고 여기면서 늘 자신에게 "이러고 있을 때가 아니지"라고 읊조린다. 청소나 빨래뿐 아니라 이제는 가족과 함께 보내는 시간조차 '잡무'쯤으로 여기는 것은 아닐는지.

대부분의 문화가 그렇듯, 일본에서도 가사 대부분은 여성이 맡고 있다. 가사를 '할 수만 있다면 하지 않고 지나가고 싶은' 잡무로밖에 평가하지 않는 사회가 그 일을 맡고 있는 여성을 높이 평가하지 않는 것은 어쩌면 너무 당연한 일이다. 여성의 사회적 지위가 낮은 이유를 여기서도 찾아볼 수 있다.

'잡일 바구니'라는 것을 한번 생각해보자. 경제 효과라든가 효율이라든가 합리성이라는 것이 가장 중요한 가치로 여겨지는 곳에서는 그 가치에 반하는 것이나 그에 걸맞지 않은 것은 잡일이나 잡무로 간주되어 쓰레기통으로 몽땅 던져질 것이다. 그것이 바로 일본 사회에서 일어나고 있는 일이다.

잡일 바구니 속에 우리가 던져 넣은 것들―자신이 사랑하는 사람과 나눈 이야기가 잡담으로 분류되고, 수험 공부나 취직 등 실리로 이어지지 않는 공부는 잡학으로 치부된다. 마찬가지로 놀이, 취미, 간호, 기도, 친구들과의 어울림, 산책, 명상, 휴식 등은 경제적 측면에서 볼 때 생산적인 시간에 포함되지 않는 '잡일'에 불과하다. 어디 그뿐인가. 연애, 아이 돌보기, 간호 혹은 과거 인생의 중대사라 여겼던 일들조차도 생산성이나 금전과 직접 연결되지 않는다고 해서 막대한 비용과 시간을 낭비하는 잡일로 취급된다. 생물학적인 성장과 노화는 경제를 최우선하는 사회에서는 당연히 비경제적이고 비효율적인 것으로 여겨진다.

하지만 인생이란 애당초 이러한 잡일의 집적이 아니던가. '할 수만 있다면 하지 않고 지나가고 싶다'고 여기는 일들이 실은 우리가 '삶의 보람'이라 느낄 만한, 우리에게 깊은 만족감을 줄 수 있는, 의미 있는 시간의 흐름은 아닐는지.

잡일을 처리하는 데는 시간이 걸리게 마련이다. 성가시게 느껴지기도 할 것이다. 화가 조지아 오키프의 말처럼, 작은 꽃을 들여다보는 데는 시간이 걸린다. 그렇다, 친구를 사귀는 데 시간이 걸리는 것처럼 말이다. 하지만 시간도 걸리지 않고, 조금도 성가시지 않은 일 속에서 대체 어떤 즐거움을 발견해낼 수 있을까.

지금 세계의 가치관과 라이프스타일의 대전환 속에서 우리는 바구니 속에 던져 넣었던 것을 다시 하나하나 끄집어내서 살펴보고 있다. '잡스러움'이야말로 그것들의 키워드인 셈이다. 생태계의 잡초, 숲속의 잡목, 농업과 먹거리의 잡곡처럼 잡담·잡역·잡음·잡화·잡학·잡지·잡종·잡념 같은 일이나 사물이 없다면 우리의 삶은 얼마나 스산할까. 조잡하고 잡다하고 번잡하고 복잡한 것을 허용하지 않는 삶은 공허하다.

'잡스러움'의 재생을 위해 여성이 얼마나 중요할지 상상하기는 그리 어렵지 않다. 여성들은 지금껏 남자들이 성가셔 하는 '잡일'을 담당하면서 경제나 산업의 직접적인 시간과는 동떨어진 여유롭고 느긋한 시간을 살아내는 기술을 몸에 익혀왔기 때문이다. 여성은 남성보다 관용적이고 참을성도 많다. 내게는 그리 보인다. 21세기를 '여성의 세기'라 부르는 이유를 여기서도 찾아볼 수 있지 않을까.

이어 읽기

패스트 하우스-슬로 디자인(34), 맥도날드화(38), 편리함-즐거움(85),
움직인다-머문다(151), 노인-어린이(190), 놀기(199), 잡곡(242)

나루터 시장의 여성들

-

베트남

경쟁-어울림

|

함께 살아가고 사랑하는 것이
점점 어려운 일이 돼가고 있다

같은 결승점을 바라보고 서로 이기려고 다투는 것, 그것이 바로 경쟁이다. 현대인들은 어느 사이엔가 이러한 경쟁이야말로 사회의 기본 원리이며 그것 없이는 건전한 사회가 성립되기 어렵다고 믿게 되었다. 경쟁이 없으면 사람들은 게으름을 피우고 빈둥거리며 시간을 낭비하게 된다, 그렇게 되면 그 사회는 더 이상 발전이 없고 정체되고 만다, 그리고 결국 타락하게 된다는 것이다. 하지만 정말로 그럴까?

사회가 처음부터 비슷한 사람들끼리 같은 목표를 향해 경쟁적으로 살아가는 장소는 아니었을 것이다. 무엇보다 개개인의 결승점이 어떻게 다 같을 수 있단 말인가. 나는 경쟁을 무조건 부정할 생각은 없다. 다만 경쟁 원리가 사회의 기본 원리라는 믿음에는 이의를 제기하고 싶다. 가령 그러한 사회가 있다 하더라도, 그 사회는 오래 지속되지 못할 것이다.

경쟁 원리를 기본으로 삼고, 생산적이고 효율적인 것만을 추구하는 사회에서는 남보다 비효율적이고 비생산적인 사람은 경쟁에서 패배하고 낙오하고 차별당하고 배제되고 말 것이다. '우생사상優生思想'이 바로 그런 것 아닌가. '더 나은 생명', '더 우월한 생명'만이 선택되고 '열등한 생명', '능력이 떨어지는 생명'은 배제된다.

　　공동의 목표와 목적이 가장 확실한 것처럼 여겨지는 순간은 그 사회가 전쟁을 치르고 있을 때다. 그런 상황에서 빈둥대고 있다가는 '비국민非國民'이라든가 '반역자'로 여겨질 것이다. 지금 일본 사회는 그 정도로까지 공동의 목표나 목적이 명확하지는 않다. 하지만 지금도 여전히 전후 일본을 지탱해온 '생산성'에 대한 신앙이 약해졌다고 보기는 힘들다. 여러 분야에서 일본 사회의 '개혁'이 논의되고 있지만, 전후 일본인을 떠밀어왔던 목표 자체를 되돌아보고 반성하려는 것은 아니다. 이러한 개혁 역시도 소비 확대, 경기 회복을 위한 '대합장大合掌'일 뿐이다. 세계화라는 더욱 거센 경쟁 속에서 대량 생산, 대량 소비의 매스 이코노미Mass Economy는 영원히 성장하고 계속 승리해나가야만 한다는 주장이 있을 뿐이다.

　　이렇게 생산과 효율만을 추구하는 사회에서는 이해관계에서 벗어난 사람들끼리의 유대는 쓸데없고 무익하고 성가신 일로 여겨져 점점 설 자리가 없어질 것이다. 그러나 다시 한번 찬찬히 생각해보자. 삶의 보람이란 가족 간의 단란함이나 공동체와 함께 누리는 즐거움, 혹은 친구나 연인과 보내는 느긋한-생산성과 효율성의 관점에서 보면 무익하게만 보이는-시간 속에 있는 게 아닐까. 어쨌든 함께 살아가고 사랑하는 것이 이제는 경쟁에 떠밀려 점점 더 어려운 일이 돼가고 있는 듯하다.

오늘날 청소년과 어른 대부분 경쟁에 지쳐 있다고들 말한다. 그런데 우리가 안고 있는 이 문제는 경쟁이 이제 더 이상 삶의 보람이 아닐 때라야 비로소 해결될 수 있지 않을까. '경쟁밖에 없다'는 생각에서 벗어나 '함께 어울려 살아가는' 장소로서의 사회에서 다시 한번 살아보고 싶다.

깊이 알기

파울로 프레이리, 《희망의 교육학》, 아침이슬, 2002년

이반 일리치, 《학교 없는 사회》, 미토, 2004년

이어 읽기

근면-게으름(30), 공포-안심(78), 분발하지 않기-장애인(182), 노인-어린이(190), 빈둥거리기(292)

오늘도, 싸웠는가?

슬로 러브

|

사랑이란 본디 시간을 포함하는 일이다

캐나다의 생물학자, 환경 운동가로 널리 알려진 데이비드 스즈키는 《성스러운 균형The Sacred Balance》이라는 책에서 이렇게 말하고 있다.

"과학기술 문명을 지탱해온 기계적이고 합리주의적인 세계관이 벽에 부딪친 지금, 그것을 대신할 '신화' 창조가 기대되고 있다. 누구나가 이것만은 공유할 수 있겠다고 하는 기본적인 인식이란 과연 무엇일까? 다시 한번 그곳으로 되돌아가서, 다시 생각해보자."

이 책은 우리 인간이 생물이자 동물이며 포유류이고 공기·물·흙·태양 없이는 살아갈 수 없는 존재라는 의미를 현대 과학은 어떻게 파악하고 있는지 소개하고 있다. 공기·물·흙·태양은 우리에게는 없어서는 안 될 것, 우리 존재와 불가분의 것이다. 어디까지가 공기(물·흙·태양)이며, 어디까지가 자신인가 하는 경계조차 희미하다. 이른바 공기(물·흙·태양)는 나라는 존재와 융합되어 있다. 그러한 의미에서 '물은 나다' 혹은 '나는 곧 대지다'라는 표현은 비유가 아니며, 시적 감상은 더더욱 아니다.

이렇게 스즈키는 공기·물·흙·태양에 관해서 논한 뒤, 인간이란 이 네 가지 요소만으로는 살 수 없는 '사회적 동물'이라는 의미에 대해 이야기한다. 인류학자 애슐리 몬터규가 연구를 통해 밝힌 바와 같이, "사람은 사랑 없이는 살 수 없다"는 말은 결코 문학적 감상주의가 아닌 생물학적 사실이며, 사람이 사람인 까닭이기도 하다.

1989년까지 이어진 전제주의 시대의 루마니아에서는 국가의 무분별한 인구 증가 정책의 결과로 한때 공공 시설에 수용된 아이가 30만 명에 육박했다고 한다. 그런데 한 연구 결과에 따르면, 마지막 몇 해 동안 알 수 없는 이유로 많은 아이가 죽어갔다고 한다. 일정한 의식주가 주어지고 집단 질병을 일으킨 것도 아닌 이러한 참사가 일어난 원인은 무엇일까? 그것은 바로 사랑의 결핍 때문이었다고 연구자들은 말한다.

공기·물·흙·태양 그리고 사랑. 자신들의 존재와 불가분의 관계이며 떼려야 뗄 수 없는 것. 그것을 더럽히지 않고 상처 입히지 않고 모독하지 않는다. 그것들을 '성스러운 것'으로 존중한다. 저자는 바로 여기에 문화의 본질과 인간의 깊은 지혜가 자리한다고 말한다. 이렇게 해서 그는 생명과 그것이 근거해 있는 모든 것을 성스러운 것으로 여기는 '신화'의 재생과 창조를 이야기하고 있다.

각 지역에서 자라난 균형·조정·정화의 메커니즘으로서의 문화는 근대화의 물결 속에서 훼손되고, 지금 세계화의 물결 앞에서 거의 빈사 상태에 이르렀다. '치유Healing'라는 말이 유행하는 것은 그러한 문화적 위기의 심각성을 드러내는 것이다.

치유, 그것을 가능하게 하는 것은 사랑뿐이다. 좀 뻔하기는 해도 역시 그렇게밖에는 말할 수 없다. 그리고 '사랑은 정말 더딘 것'이라고도 말해야겠다. 사랑에는 시간과 수고가 필요하고, 시간과 수고를 필요로 하기에 사랑인 것이다.

불과 십수 년 전까지 루마니아에서 행해지고 있던 것은 오로지 효율적으로 아이들을 기르고 교육하는 실험이었다고 보여진다. 우리는 이를 단순히 냉혹한 권력자의 광기쯤으로 치부해버릴 것이 아니라, 자기 자신에게도 한 번쯤 이렇게 물어보는 것이 좋을 것이다. '우리는 너무 비효율적이고 더딘 자녀 교육에 혹시 싫증을 내고 있지는 않는지. 우리는 사랑에 있어서도 효율적인 방법 따위를 찾고 있었던 것은 아닌지…'

육아·사회화·교육 등은 모두 시간이 걸리는 느린 과정이다. 그리고 이것은 단지 '시간이 걸린다'는 의미에서의 느림만은 아니다. 사랑이란 본래 시간을 포함하는 일이다. 그것이 본질이기에 시간을 절약하거나 속도를 높이거나 효율화하는 일은 그것의 본질을 훼손할 수밖에는 없는, 그야말로 '가장 비효율적인 프로세스'일지도 모른다.

가장 하찮은 인간일지라도

꽤나 위대한 것이지….

그자를 사랑하기에도, 인간의 일생으로는 너무도 짧구나.

오사다 히로시, '옛 스승의 죽음' 중에서

깊이 알기

데이비드 스즈키·캐시 밴더린든, 《즐거운 생태학 교실》, 사계절, 2004년

이어 읽기

스몰(124), 노인-어린이(190), 슬로 섹스-슬로 보디(283)

느림의 철학자들

데이비드 스즈키David Suzuki

1936년 캐나다 밴쿠버에서 출생. 일본인 3세. 생물학자, 환경 운동가, TV 캐스터로 활동했다.
30여 년에 걸쳐 캐나다 국영방송의 인기 자연 프로그램을 진행했으며, 다수의 저작을 통해
영어권 사람들의 환경 의식 향상에 영향을 끼쳤다. 밴쿠버를 본거지로 그가 운영하는
'데이비드 스즈키 재단'은 북미를 대표하는 환경 NPO(Non Profit Organization)로 성장했다.
지은 책으로 《미래에 대한 선택》 등이 있으며, 대표작은 TV 시리즈로도 만들어진 《성스러운 균형》.

어부인 아버지를 돕는 일로 바쁜 루이스는 학교에 가는 날이 좀처럼 드물다.

에콰도르 오르메드 마을

공포-안심

|

공포라는 산 정상에 안심은 없다

〈볼링 포 콜럼바인〉이라는 다큐멘터리 영화가 아카데미상을 수상해 세계적으로 큰 화제가 된 바 있다. 총기 살상 사건이 끊이지 않는 미국 사회 내의 총기 소지 문제에 관한 영화다. 그러나 마이클 무어 감독은 영화를 통해 미국이 총기의 위협에 얼마나 많이 노출된 위험한 나라인가를 드러내려 한 것이 아니다. 영화는 총기보다 더 위험한 존재인 공포에 대해 말하고 있다. 이 영화는 공포가 얼마나 미국인의 마음을 강하게 사로잡고 있고, 사고와 행동을 좌우하고 있는지, 또 국가 권력은 어떻게 그 공포를 능숙하게 다루어 국민을 컨트롤하고 있는지, 어떻게 대기업이 대중의 소비를 선동하고 있는지를 보여준다.

그런데 우리는 그것을 그저 남의 일로만 여길 수 있을까. 생각해보면 우리가 사는 사회에도 얼마나 많은 공포가 가득 차 있는가. 미디어는 그러한 공포를 선동하고, 한층 더 부풀려진 그 공포 위에서 날로 번성한다. 최근의 예를 보자면 테러, 북한, 전력 부족에 의한 정전, 사스SARS, 금융 위기 등이 그것이다.

미국의 경우, 총기 규제를 반대하는 사람들은 폭력에 대한 스스로의 방어가 불가능한 데 따르는 위험을 주장하면서 공포를 부추긴다. 그 공포 너머 저편에는 분명 평화와 안심이 있다고 말한다. 그렇다면 그것을 어떻게 넘어설 것인가? 총이라는 공포에 대항하기 위한 총기 소지, 폭력이라는 공포에 대항하기 위한 폭력, 핵무기라는 공포에 대항하기 위한 새로운 핵무기. 더 커다란 공포를 통해 공포를 넘어서려는 것이다. 공포를 만들어 내는 힘을 더 강한 힘으로 제압하려는 것이다.

하지만 이와 유사한 논리는 무기 소지나 전쟁에서뿐 아니라, '경쟁'을 삶의 방식으로 받아들인 우리 사회에서도 일상다반사로 전개되고 있다. 더글러스 러미스에 따르면, 애당초 경쟁 사회를 떠받치고 있는 기본 정서가 바로 공포다.

"암흑 속에 존재하는 공포다. '열심히 일하지 않으면 가난해질지 모른다' '거지가 될지 모른다'는 공포다. 혹은 '병에 걸리면 의사에게 가야 하는데, 어쩌면 병원에 갈 돈조차 없을지 모른다'는 공포다."

이러한 공포에 사로잡힌 어른들은 아이를 경쟁의 장으로 내몰지 않을 수 없다. 흘러넘치는 공포로부터 달아나기 위해 학원에 보내고, 수험 공부를 독려하고, 이런저런 것을 배우게 하고 운동에 힘을 쏟게 해 자신의 아이가 뒤처지지 않도록, 남들에게 괴롭힘을 당하지 않도록 애를 쓴다. '더욱더 열심히'가 그들의 구호다. 안심이나 자기만족 따위는 금기 사항이다.

안심은 방심의 근원이며, 자기만족은 자기 타락의 시작이니까. 지금의 자신에게 만족하면 끝장이며, '지금 여기'는 뛰어넘기 위해서만 존재한다.

소비도 마찬가지다. '다른 사람들이 모두 갖고 있으니 나도 명품 가방을 사야 한다'는 심리는 혼자서 뒤처질지 모른다는 공포에 근거하고 있다. 새로운 옷을 살 때의 기쁨에도, 그렇게 하지 않으면 후줄근해 보일지 모를 자신에 대한 공포가 숨어 있다. 소비 행위는 타자와의 경쟁이며, '지금 여기'에 있는 자기 자신과의 경쟁이다.

물론 경쟁에도 기쁨과 즐거움이 있다. 공포에서 도망치듯 수험 경쟁에, 소비 경쟁에 뛰어드는 우리는 그 경쟁에서 승리했을 때의 기쁨이나 경쟁을 마쳤을 때의 안심 등으로 자신을 격려할 것이다. 하지만 승리의 기쁨은 오래 지속되지 못하며, 안심은 한순간일 뿐이다. 경쟁을 떠받치고 있는 근원적인 공포가 사라지지 않는 이상 경쟁을 계속할 수밖에 없다. 좋은 고등학교에 합격한 당신은 그 합격을 위해 자신을 몰아갔던 똑같은 이유로, 더 좋은 대학에 합격하기 위한 경쟁을 시작하지 않을 수 없을 것이다. 당신이 막 사 온 양복은 당신의 손에 들어온 순간 이미 빛을 잃고 왠지 촌스러운 것으로 보여 그다음 유행에 따라 당신은 더 좋은 양복으로, 더 아름다운 자신을 향해 나아가지 않을 수 없을 것이다.

우리는 곳곳에서 공포에 휘둘리고 있다. 암에 걸릴지도 모른다는 공포, 교통사고를 당할지도 모른다는 공포, 지진이 일어날지도 모른다는 공포, 자신이 죽게 됐을 때 남은 가족의 생계에 대한 공포…. 이러한 공포를 뛰어넘기 위해 보험이 마련되어 있다. 그러나 보험만으로 안심하기는 어렵다. 여러 가지 상해·사고·재해가 실제로 일어나는 그날까지, 항상 그일이 언제 일어날지도 모른다는 불안과 공포에 시달릴 것이다. 가령 어느 날 그러한 재난이 정말로 자신에게 일어나서 다행히 보험으로 모든 것을 해결했다고 해도 진심으로 안도하는 사람은 많지 않을 것이다. 보험을 통해 궁극의 안심을 얻기 어렵다는 것을 아는 사람들은 어떻게든 공포심을 누그러뜨리기 위해 안간힘을 쓰며 '지금 여기'를 부정하고 축소시키면서 '장래'를 계속해서 사들인다. 공포를 이용한 '사업'은 여기저기서 발견된다.

원자력발전 시설이 손상된 것을 은폐한 사실이 발각되면서 많은 원자력발전이 중단됐다. 그러자 전력 회사들은 여름철 대규모 정전 사태를 예고하고 공포를 확산시키면서 자연스럽게 원자력발전의 운전 재개와 더 많은 원자력발전 시설을 건설하기 위한 홍보를 펼쳤다. 마치 원자력발전의 존재 자체가 최대의 위험이며 불안의 원천이라는 사실에 대해서는 전혀 알지 못한다는 얼굴로 말이다.

그런가 하면 테러와 '북한'이라는 공포도 만연하고 있다. 이 책이 쓰여진 2005년의 상황에서-편집자 주 일본 정부는 미·일 동맹을 군사적으로 강화해야만 이를 극복할 수 있다고 선전한다. 그것은 무력행사에 대항하는 또 다른 무력행사의 명분이 된다. 애당초 어떠한 군대든 '유사시'라는 공포가 존재 이유가 된다. 이처럼 공포에 맞서기 위해 언제나 상대를 향한 더 커다란 공포를 준비한다. 군비 확장 경쟁의 논리를 내세우는 사람에게는 그것만이 안심할 수 있는 유일한 길이라고 여겨질 것이다. 그러나 결국 군대의 존재는 상대국뿐 아니라, 자국민에게 최대의 위협이 될 수 있음을 잊지 말아야 한다.

일단 공포에 휩싸인 이들의 논의에는 왜 자신이 그러한 공포에 휘말려들었는지, 그 공포의 근원이 된 위험에 어떻게 직면하게 되었는지에 대한 사색은 없다. 그럴 경황이 없는 것이다. 이처럼 경황조차 없는 긴박함과 절박함을 갖추어야만 그것이 바로 공포이기 때문이다. 그러니 공포에 휘말려들게 된 자신이 대체 어떤 존재인지 사색해보는 것은 거의 불가능하다. 공포란 자신들의 미약한 생각이나 힘 등으로는 도저히 헤아릴 수 없는 것이기에 공포라고 믿는 것이다. 공포의 기원은 대단히 애매해 잘 드러나지 않는다. 그것은 일종의 신화다.

어찌 보면 현대사회가 바로 공포 체제인 듯하다. 거기서는 돈으로 안심을 구하고, 경쟁에서는 무조건 이겨야 한다. 일종의 '의자 빼앗기' 게임과도 비슷해서 '더 많이, 더 빨리'라고 외치며 늘 앞으로 고꾸라질 듯한 아슬아슬한 자세로 영원히 얻을 수 없는 안심을 뒤쫓고 있다. 그것이 숨 가쁘게 돌아가는 사회를 살아가는 우리의 모습이다.

그러한 사회에서 우리가 추구해야 할 '슬로다운'은 대체 무엇을 의미할까? 그것은 연쇄적 공포에서 빠져나오는 일이다. 공포 시스템의 플러그를 빼는 일이다. 공포라는 가파른 산에서 내려와 거기로부터 몸을 돌리는 일이다. 힘들게 오른 산 너머에 안심이 기다리고 있을 리 없으므로. 그렇다면 안심은 어디에 있는 것일까? 찬찬히 살펴보면 안심의 씨앗은 우리 주위에서 얼마든지 발견할 수 있다.

공포 시스템은 우리에게 온갖 믿음을 강요해왔다. 공포만이 성장을, 진보를, 발전을 가능케 한다고 말이다. 하지만 식물의 씨앗을 들여다보

자. 거기에 공포란 존재하지 않는다. 공포 없이도 성장하고 성숙하며, 곡물이나 채소로 자라나 우리의 생명을 키워낸다. 그것은 이른바 안심의 씨앗이다. 안심이 씨앗 안에 존재하기 때문에 그것을 키워내는 농사라는 인간의 행위 안에도 존재한다. 어로나 채집 같은 행위 안에도 존재한다. 그리고 그러한 생업을 지속 가능한 것으로 유지해나가는 지역의 생태계 안에도 존재한다. 또 그러한 생태계와 조화를 이루며 살아가는 사람들의 지역 공동체 안에도 존재한다. 그리고 거기에는 그곳에서 자라난 세대에서 다음 세대로 천천히 이어져온 삶의 지혜와 기술이 존재한다. 안심은 그러한 대부분의 지역을 포함하는 지구라는 거대한 생명 공동체 속에 존재한다.

전통 사회는 물질적으로는 가난했지만 안심은 풍족했다. 그곳에서는 문화가 곧 안심 시스템이었다. 하지만 근대사회는 이러한 안심으로부터 사람들을 떼어놓고, 자유와 물질적 풍요로움을 추구하도록 부추겼으며, 그 너머에 도달해야만 안심이 있는 것처럼 믿게 했다. 그럼으로써 사람들은 많은 것을 얻었지만, 도저히 얻지 못한 것이 있으니, 그것이 바로 안심이다. 슬로 라이프란 바로 이러한 안심을 회복하는 것을 의미한다. 기시다 에리코岸田衿子의 시 가운데 이런 내용이 있다.

서두르지 않아도 괜찮단다.

씨앗을 뿌리는 사람이 걷는 속도로

걸어서 가면 된단다.

기시다 에리코, '남쪽의 그림책' 중에서

그렇다, 씨앗이 자라나는 속도를 넘어선 곳에는 공포만 있을 뿐 안심은 있을 수 없다.

깊이 알기

마이클 무어, 〈볼링 포 콜롬바인〉, 2002년

C. 더글러스 러미스, 《경제성장이 안되면 우리는 풍요롭지 못할 것인가》, 녹색평론사, 2011년

대니얼 퀸, 《고릴라 이스마엘》, 필로소픽, 2013년

이어 읽기

농업-농사(58), 씨앗(62), 경쟁-어울림(68), 분발하지 않기-장애인(182),

플러그-언플러그(214), 지금 여기-친밀감(287)

느림의 철학자들

C. 더글러스 러미스C. Douglas Lummis

1936년 미국 샌프란시스코 출생. 1960년 미군 해병대에 입대해 일본 오키나와에서 근무했고, 1961년 제대한 후 버클리로 돌아가 박사 학위를 받은 다음, 1970년대 초 다시 일본으로 와서 활동을 시작했다. 쓰다 대학교 교수, 아시아태평양자료센터 대표를 지냈다. 지은 책으로 《경제성장이 안되면 우리는 풍요롭지 못할 것인가》, 《급진적 민주주의》, 《급진적인 일본 헌법》, 《헌법과 전쟁》, 《이데올로기로서의 영어 회화》, 《그라운드 제로로부터의 출발》(공저) 등이 있다.

편리함-즐거움

|

편한 것이 반드시 즐거운 것은 아니다

지방에 가면 "이제 시골도 많이 편리해졌지요?"라는 말을 자주 듣는다. 그런 말을 하는 사람들은 과연 어떤 생각을 품고 있는 걸까? 고속도로, 휴대전화, 편의점, 자동판매기, 전자동 가전제품과 목욕 시설… 편리함은 실로 현대사회의 키워드라 할 수 있다. 편리함의 좋은 점에 대해 의혹의 눈길을 보내는 사람은 어딘지 이상한 사람으로 여겨지고, 심한 경우 이단시될지도 모른다. 편리함을 위해서는 상당한 희생이 따라야 하는데도 사람들은 여기에 대해서는 별 불만이 없는 듯하다. 어쨌거나 편리함은 일종의 종교가 되었다. 그것을 우러르고, 그 앞에 납작 엎드린다.

자동 도어 시스템을 만드는 업자가 있고, 그러한 집에서 아이들을 키우고 싶다고 생각하는 사람이 있다. 편리하기 때문이다. 액정을 이용해서 '1년 내내 보고 즐길 수 있는' 인공 반딧불이를 발명한 과학자가 있고, 그것을 구입하는 사람이 있다. 편리하기 때문이다. 일본에는 지금 4만 개가 넘는 편의점과 555만여 대의 자판기가 언제 찾아올지 모를 변덕스러운 손님들을 기다리면서 밤거리를 밝히고 있다. 정말로 편리하기 짝이 없는 기계다.

'편리교'의 위험에 대해 마침내 사람들이 신중하게 논의하기 시작한 것은 20세기 끝자락에 이르러서다. 편리함이 그 음지에서 여러 가지 불편을 낳고 있다는 사실을 결국 깨닫게 된 것이다. 편리함의 가장 큰 문제는 공해와 환경 파괴다. 사람들은 편리함이 우리의 생존 기반인 생태계를 훼손함으로써 얻어지는 것임을 알게 되었다. 그뿐이 아니다. 편리함은 그것을 향유하는 우리의 능력을 약화하고, 그 결과 마음과 몸의 건강을 상하게 하고 살아가는 즐거움을 빼앗는다.

일본의 경우 '락樂'이라는 한자에는 크게 두 가지 의미가 있다. 하나는 즐거움과 쾌락을 뜻하는 '락'. 또 하나는 편리함과 간단함을 뜻하는 '락'. 평소 알고 지내는 중국인 학자에게 물어보았다. 중국에서도 '락'이라는 글자가 즐거움과 동시에 편리함이나 간단함을 뜻하는지. 그는 아니라고 대답했다. 듣고 보니 아무래도 이러한 현상의 저변에는 일본 편리교의 덫이 있는 게 아닐까 싶었다.

일본에서는 과연 언제부터 '즐거운 일'과 '편리한 일'이 한 덩어리가 되었을까? 최근 십수 년 사이에 이 두 가지를 혼동하고, 마치 이들이 같은 의미를 지니고 있는 것처럼 생각하는 경향이 짙어진 것만은 분명하다. 하지만 조금만 더 생각해보면 알 수 있다시피, 편리한 것이 반드시 즐거운 것은 아니다. 즐거운 일이 때로는 어렵기도 하고 복잡하기도 하고 성가시기도 하며 시간이 걸린다는 사실에 누구나 고개를 끄덕일 것이다. 그러나 그것이 어렵고 복잡하고 성가시고 시간이 걸리기 때문에 더 즐거워진 경우도 결코 드물지 않으며, 편리하고 손쉬운 일이 우리의 행복 지수를 떨어뜨리는 경우도 얼마든지 있다.

그러한 까닭으로 우리는 역시 '즐거움'과 '편리함'을 구분해야 할 필요가 있다. 빠른 쾌락을 손에 넣기 위해서 느리고 깊은 즐거움과 편안함을 희생시킬 수는 없는 일이다.

이어 읽기
빠빠라기(148), 진보(176), 비전화(219), 테크놀로지-아트(236),
지금 여기-친밀감(287)

GDP

|

선과 악을 구별하지 못하는 지출 총액일 뿐

우리는 지금도 경제성장을 떠받드는 지표로서의 GDP에 일희일비하고 있다. GDP 증가가 반드시 풍요와 행복을 의미하는 것이 아니라는 점은 이제까지 여러 차례 이야기되어왔다. 그럼에도 우리는 여전히 경제성장의 신화에서 벗어나지 못하고 있다. GDP를 통해 알 수 있는 것은 화폐의 흐름이나 지출 총액뿐이다. 인간과 사회와 자연환경에 그 지출 내용이 유익한지, 해로운지는 전혀 알 수 없다. 개악과 개선도 구별되지 않는다. 그곳에는 마이너스 부호란 존재하지 않는다.

성장의 대가에는 범죄, 응급실 치료, 형무소 유지, 쓰레기 처리, 환경 정화를 위한 비용은 물론 결핵이나 석유 유출 사고, 암 치료, 이혼, 학대받는 여성을 위한 피난처, 고속도로 곳곳에 버려지는 쓰레기, 홈리스 등과 관련된 비용도 모두 포함되어 있다. 폴 호켄 외, 《자연 자본주의》 중에서

GDP는 사회 제반의 불균형과 모순, 환경 파괴 등을 은폐하는 데 그치지 않는다. 그것들과 경제적 이익을 맞바꾸어버린다. 그 가운데서도 전쟁은 최대 규모의 소비이며, GDP를 끌어올리는 효과적인 수단이다. 이처럼 GDP와 또 그것을 지표로 해서 측정되는 경제성장은 파괴와 폭력을 잉태하지 않을 수가 없다.

현대사회에서 일어나는 제악諸惡의 근원이 이러한 종류의 경제성장에 있음을 인정하는 경제학자도 있다.

현재와 같은 국민경제 계산법으로는 국가의 광물 자원이 고갈되고 산림이 소멸되며, 토양이 유실되고 수질이 오염된다. 또한 야생 생물과 물고기가 멸종에 처하게 된다. 그러나 이러한 자원이 소멸되더라도 소득 통계에는 전혀 영향을 미치지 않을 것이다. 이러하니 소득은 결국 겉보기의 이익에 불과한 것으로, 진정한 국가의 부는 잃게 되는 것이다.

폴 호켄 외, 《자연 자본주의》 중에서

아니, 경제학자에게 물을 필요도 없다. 지금 전 세계 곳곳에는 무수한 '미나마타' 미나마타병이 처음 발생한 일본의 도시-역주와 '체르노빌'이 생기고 있다. 곤충과 물고기가 살 수 없는 땅, 새집증후군을 앓고 있는 병든 집, 첨가제 투성이의 위험한 음식물, 온갖 알레르기에 걸린 약한 몸…. 이러한 문제의 근원이 경제성장에 있음을 우리는 모르지 않는다. GDP가 올라갔다고 해서 우리 삶의 질이 높아지지 않았다는 걸 알고 있다.

집에는 물건이 넘쳐나지만 집에서 보내는 시간은 점점 줄어들고, 그 시간의 질 역시 낮아지고 있다. '지금'을 희생하고 '더 나은 미래'를 목표로 계속 달려온 우리는 어느 틈엔가 그 미래마저도 저당잡히고 어리둥절해 하고 있다. 이제 우리는 서서히 깨닫는다. 경제성장이라는 것이 실은 비경제성장이었음을.

깊이 알기

폴 호켄, 《비즈니스 생태학》, 에코리브르, 2004년

이어 읽기

개발(94), 진보(176), 에코 이코노미(204), 슬로 비즈니스(250)

느림의 철학자들

폴 호켄Paul Hawken

1946년 캘리포니아 출생. 환경 사상가이자 운동가. 새로운 환경 공생형 비즈니스 실천가로
널리 알려져 있다. 지은 책으로 《비즈니스 생태학》, 《넥스트 이코노미》(공저),
《성장 비즈니스》(공저), 《일곱 가지 미래》(공저), 《자연 자본주의》(공저) 등이 있다.

이시무레 미치코石牟禮道子

1927년 출생. 미나마타에 살면서 미나마타병 사건을 문학적으로 해석한 작품을 발표해 주목받았다.
대표작 《고해정토-나의 미나마타병》을 비롯해 《동백의 바다의 기록》, 《하늘 물고기》 등을 썼으며,
1974년 막사이사이상을 수상했다. 그의 문학작품은 에콜로지 사상의 실천이라 할 만하다.

슬로 머니

|

왜곡된 경제를 바로잡기 위해서는
'또 하나의 돈'이 필요하다

국제금융학자 버나드 리테어는 유럽연합 통화인 유로화 창설에 관여한 인물로, 금세기에 주목받고 있는 지역 통화, 보완 통화 전문가다. 그는 돈의 역사에 관한 연구를 통해 다음과 같은 결론에 도달했다. 돈이란 한 커뮤니티에서 '무엇인가'를 교환의 매개로서 사용하자고 하는 '하나의 약속'이다.

그런데 이제 중요한 것은 '돈은 물건이다'라는 환상에서 자유로워지는 일이다. 리테어는 우리 머릿속에 있는 돈과 물건의 연결고리를 끊어내기 위해서는 무인도에 홀로 남겨진 상태를 상상해보는 것이 좋다고 말한다. 그곳에서는 칼과 같은 물건은 쓸모가 많겠지만, 돈뭉치 따위는 아무리 많이 가지고 있어봐야 휴지나 다름없으니까. 무인도에서 홀로 살아가는 시점에서는 '돈이 더 이상 돈이 아니기 때문'이다.

현실 세계에서 일어나고 있는 사건을 보아도 이제 더 이상 돈은 물건이 아니다. 1971년 미국은 금본위제 화폐의 가치를 일정량의 금의 가치와 같게 만든 제도-역주에 종지부를 찍고, 달러의 가치 기준을 금 보유량으로 삼기를 포기했다. 달러와 금의 교환을 정부가 보증하지 않는 지금, 우리는 달러가 가치 있다고 절대 확신하지 못한다.

하나의 '약속'으로서의 돈은 언제나 어느 특정 커뮤니티 안에서만 유효하다. 어떤 통화가 어느 커뮤니티 내에서 어떤 가치를 지니는 것으로 받아들여지는 데는 신용이 필요하다. 또 그 신용을 뒷받침할 만한 권위와 권력이 필요하다. 예를 들어 유럽의 역사에서는 사회 권력을 누가 쥐고 있었느냐에 따라 돈을 발행하는 주체가 교회이기도 했고, 때로는 군주이기도 했다. 그리고 국민국가 동일 민족 또는 국민이라는 의식을 바탕으로 한 중앙집권 국가-역주가 권력을 쥐게 된 시대에 국가 통화는 곧 지배력이 되었다. 리테어에 따르면, 권력이 국민국가에서 다른 곳으로 옮겨가고 있는 세계화 시대에 국가 통화 이외의 통화가 우후죽순 나타나는 현상은 그리 놀랄 일은 아니다.

지역 통화, 대체 통화, 보완 통화라 불리는 '또 하나의 돈'이 미래 세계에서 중요한 역할을 맡게 될 것이라는 게 리테어의 생각이다. 그의 말에 따르면, 지금 인류는 그 존속이 위험할 정도로 위기에 직면해 있는데, 이는 경제 양상이 왜곡된 탓이다. 본래 사회가 평화롭고 안정적이 되기 위해서는 도교에서 말하는 '음양陰陽'의 균형이 필요한 법인데, 이제까지의 경제는 오로지 '양'의 에너지를 가진 통화에 지배되어왔다. 그리고 세계화와 달러의 단독 지배가 강력해지는 가운데 경제 양식은 점점 더 극양화極陽化되어가는 추세다. 리테어는 여성적인 '음'의 에너지를 활성화해 사회의 균형을 회복하려면 '또 하나의 돈'의 역할이 필요하다고 말한다. 그래서 그가 말하는 지역 통화는 대체 통화라기보다는 보완 통화에 가까운 것이다. 즉, 달러화나 엔화와 같은 '양'의 통화를 대체하는 것이 아니라, 오히려 그것을 보완하고 균형 회복을 도울 수 있는 통화를 의미한다. 내 식으로 말하면, '슬로 머니'인 셈이다.

본래 지역 공동체에서는 화폐 경제와는 전혀 다른 이론이 기반이 된 경제활동이 활발했는데, 그 대부분은 이미 화폐 경제 안에서 와해되거나 공동화空洞化되고 말았다. 지금 세계의 여러 지역에서 나타나고 있는 지역 통화는 바로 이러한 영역의 재활성화를 꾀한 시도라 할 수 있다.

깊이 알기
버나드 리테어, 《돈 그 영혼과 진실》, 참솔, 2004년

이어 읽기
지역 통화(261)

느림의 철학자들
버나드 리테어Bernard A. Lietaer
1942년 벨기에 출생. 국제금융학자. 지역 통화, 보완 통화 이론가로 널리 알려져 있다.
유럽연합 통화 '유로'의 전신인 ECU의 설계·실무 책임자 중 한 사람이다.
지속 가능한 풍요와 안정적 경제 질서를 위한 ACCESS 재단의 공동 회장을 맡기도 했다.
지은 책으로 《돈의 미래》, 《돈 그 영혼과 진실》 등이 있다.

사람을 웃기고 울리는 돈

-

무가지〈Dictionary〉뒤표지

개발

|

봉오리를 억지로 꽃피우고 아이를
빨리 어른으로 만드는 것이 개발이라면?

트루먼은 1949년 1월 20일 대통령 당선 후 취임 연설에서 '기술·경제 원조와 투자를 통해서 미개발 국가들을 발전시킨다'는 새로운 정책을 내놓았다. 더글러스 러미스에 따르면, '미개발 국가들'이라는 표현은 이때 처음 나온 것이라고 한다. 비단 '발전'이라는 말이 정책으로 사용된 것뿐 아니라 원래 '발전하다'라는 의미의 자동사인 'Develop'가 '~을 발전시키다'라는 타동사로 쓰인 것도 이때가 처음이라고 한다.

러미스는 이 'Develop'라는 동사에 대해 다음과 같이 이야기한다. 본래 이 말은 봉오리가 꽃이 된다거나 씨앗에서 싹이 난다거나 아이가 어른이 된다거나 하는 의미로, 주로 생물의 성장에 있어 전 단계의 가능성이 다음 단계로 나아간다는 뜻으로 쓰였다. 일본어의 경우에도 성장과 발전이라는 단어는 본디 자동사적인 어휘였다. 저절로 성장하거나 발전하지 않을 것을 외부에서 인위적으로 '성장시키'거나 '발전시키'는 일은 없었던 것이다.

그러한 자동사를 트루먼 대통령이 처음으로 타동사로 사용해 '뒤처진 나라들을 개발하고 발전시킨다'고 한 것이다. 그리고 '그것이 바로 미국의 정책'이라고. 그 말대로 그 후 반세기에 걸쳐 미(저)개발 국가나 지역을 개발하고 경제를 발전시키는 일이 미국과 그 밖의 이른바 선진국들, 그리고 국제연합의 정책으로 행해져 왔다.

러미스는 지금 유행하는 세계화는 결코 새로운 현상이 아니라고 말한다. 식민지화나 제국주의 모두 서구 문명과 경제 제도 속에 전 세계를 편입시키려는 것이었으므로 세계화와 크게 다르지 않다. 다른 점이 있다면, 식민지화와 제국주의에는 힘에 의한 침략과 착취, 억압이라는 측면이 겉으로 드러나 있었기 때문에 사람들이 작게든 크게든 이를 의식하고 있었다는 것이다. 그런데 20세기 후반이 되어 개발과 발전의 이데올로기가 주류를 이루면서 이 세계화는 봉오리가 꽃이 되고 아이가 성장하는 것처럼 아주 자연스럽고 필연적인 과정이 되어버렸다. 타동사를 자동사처럼 착각하게 만드는 데 성공한 셈이다.

> 과거의 제국주의, 즉 대국의 이윤을 위한 착취가 이미 우리의 미래에는 존재할 여지가 없다. 우리가 구상하는 것은 민주적이고 공정한 관계를 기본 개념으로 한 개발 계획이다.
>
> 트루먼 대통령의 취임 연설 중에서

이에 대해서 구스타보 에스테바는 다음과 같이 단언한다. "근대의 사상과 행동을 주도하는 힘으로서 이토록 강력한 영향력을 지닌 말은 없었다."

2002년 여름 남아프리카공화국 요하네스버그에서 열린 국제연합의 '지속 가능한 개발을 위한 정상회담'에 이르러서도('지속 가능한'이라는 말이 붙기는 했지만) '개발'이라는 말은 여전히 건재했다. 그러나 지속 가능한 개발이라는 표현이야말로 이제까지의 개발이 지속 불가능한 것이었으며, 이미 그대로는 세계 대부분의 국가와 지역에서 더 이상 목표가 될 수 없음을 여실히 보여주는 것 아닐까. 지금 전 세계에 확산되고 있는 반세계화의 거센 물결 또한 이를 잘 말해준다. 반세계화 운동을 이끄는 인도의 반다나 시바는 요하네스버그 회담을 향해 이렇게 외쳤다.

'개발'이라는 이름의 돌이킬 수 없는 파괴로 인해 생명의 존속 자체가 위기에 이르러 우리는 근본적으로 재검토하지 않을 수 없게 되었다. 그것은 단순히 개개의 환경 파괴형 프로젝트를 재검토한다는 의미에 머물지 않고, 이러한 프로젝트를 낳아온 '개발'이라는 개념과 사고의 틀 자체를 재검토하는 일이다.

'반다나 시바의 눈 3', 〈주간 금요일〉, 2002년 8월 23일 자 중에서

깊이 알기
반다나 시바, 《자연과 지식의 약탈자들》, 당대, 2000년

이어 읽기
반세계화(42), 진보(176), 남북문제(178), 페어 트레이드(270)

오염된 바하마만에 남은 맹그로브 한 그루

-

바하마 파나마시티

새로운 빈곤

|

오늘날의 빈곤은 풍요로움의 환상이 빚어낸 병

빈곤을 생각할 때 먼저 구분해야 할 것은 전통적인 빈곤과 새로운 빈곤이다. 전통적인 빈곤은 대략 이렇게 설명할 수 있다. 자급자족 사회에서 사회 구성원 대부분은 물질적으로 어려웠지만 사람들은 이를 고통스럽게 여기지 않았고 삶에 대한 만족도도 높았다. 물질적으로 어려웠으니 빈곤이라 할 수 있겠지만, 이 빈곤은 외부의 가치 판단에 불과한 것이다. 이와 달리 근대화 과정 속에서 만들어진 빈곤은 사람들을 정신적으로, 물질적으로 좀먹는 질병과도 같다. 세계를 풍요롭게 만들어줄 거라 믿었던 세계화의 물결을 타고 이 새로운 빈곤은 지금 전염병처럼 지구상에 퍼져나가고 있다.

반다나 시바는 이 병에 대해서 다음과 같이 말하고 있다.

"빈곤을 낳은 것은 '인간 대 자연'이라는 세계관이다. 이 세계관은 희소성이라는 개념을 '자연'으로 가지고 들어가서 일방적으로 그 희소성을 보완하고 벌충하려고 하면서 여러 테크놀로지를 만들어냈다. 그렇지만 현실적으로 이러한 테크놀로지는 희소성을 벌충하기는커녕 환경과 생태계를 파괴하고 사람들을 한층 더 가난하게 만들면서 역으로 희소성을 만들어낸 것이다.

　　예를 들어 바다는 수세기 동안 어민에게 충분한 식량을 공급해왔다. 하지만 새로운 기술이 잇따라 개발되었고, 마침내 거대한 저인망을 장착한 하이테크 트롤선 바다 밑으로 저인망을 끌고 다니면서 고기를 잡는 원양어선-역주이 출현해 바다 밑의 뿌리까지 훑어 해양이 지닌 생명 사이클을 파괴해버렸다. 이제는 이러한 파괴적인 테크놀로지를 뒷받침해온 FAO(국제연합식량농업기구)조차도 세계 어업의 약 90%가 붕괴될 위험에 처해 있음을 인정하지 않을 수 없다. 자신들을 빈곤으로부터 지켜주리라 여겼던 테크놀로지에 의해, 전에는 결코 가난하지 않았던 소규모 어민들이 더 가난한 처지로 전락하고 만 것이다.”

　　시바는 인도의 다양한 사회문제, 환경문제와 관련된 경험을 통해 다음과 같은 결론에 도달했다고 한다. 빈곤 문제의 해결책은 대부분의 경우 환경문제에 대한 깊은 탐구 속에서 발견할 수 있다. 제3세계 소농이 살아남을 수 있는 방법은 생물의 다양성을 파괴하는 것이 아니라 그 다양성을 더 살려나가는 것이다. 예를 들어 농약과 제초제가 필요 없는 자연 교배에 의한 재래 종자를 사용하는 것이다. 공업화되고 가속화된 근대 농업에서는 농부들이 화학비료나 농약, 먼곳에서 물을 끌어오는 기계를 사기 위해 거액의 빚을 짊어지게 되고, 그 결과 인도에서는 수천만의 농부가 자살

에까지 이르고 있다. 이러한 상황을 막기 위해서는 느리고 단순한 농법으로 돌아갈 필요가 있다. 그중 한 가지는 물을 따로 댈 필요가 없는 재래 종자로 농사를 짓는 것이다. 이렇게 하면 귀중한 지하수를 무리하게 끌어 올리기 위해 우물을 파지 않아도 되고, 빚을 낼 필요도 없어진다.

빈곤이란 '풍요로움'의 환상이 빚어낸 병이다. 이 병을 치료하는 데는 '인간 대 자연'이라는 대립에서 벗어나 대자연이라는 본래의 풍요를 회복하는 길밖에 없다.

물질적으로 풍요한 선진국 사회도 이러한 빈곤과 무관하지 않다. 이반 일리치의 말에 따르면, 빈곤은 사람들이 시장에 의존하는 정도가 크면 클수록 더 깊어진다. 즉 산업 생산에 의한 풍요에 지나치게 의존함으로써 손발이 비틀린 사람들이야말로 불만과 무력감에 시달리지 않을 수 없는 것이다. 과거 전통 사회 속에서 각자가 지녔던 살아가는 기술을 잃어버리고, 그 대신 우리는 교육을 통해 '바람직한' 또는 '돈이 되는' 기능과 능력, 태도라는 가치(희소성이 높을수록 환금성이 커진다)를 획득하기 위해 서로 경쟁하고, 매우 오래 학교를 다닌다. 그 결과는 좁은 틀 속에 갇힌 전문가가 되어 자신의 전문성 바깥에 있는 세계에 대해서는 완전히 무력하고 고립된 사람이 되는 것이다.

우리는 물질의 풍요를 누리고 있는 것처럼 보이지만, 결국 희소성을 둘러싼 정신없이 빠른 경쟁 세계의 아득한 심연 속에서 허덕이고 있는 것은 아닌지. 그리고 그 삶의 방식이 전 세계의 빈곤을 한층 더 폭력적인 것으로 이어나가고 있는 것은 아닌지.

우리가 바라는 풍요로움이 이런 것이었을까. 다시 한번 풍요로움이라는 말에 대해 정의해볼 필요가 있다. 아마도 풍요로움은 안정된 생태계와 자족적인 공동체를 토대로 한, 느리고 성숙한 삶 속에 있지 않을까.

깊이 알기
반다나 시바, 《누가 세계를 약탈하는가》, 울력, 2003년

이어 읽기
농업-농사(58), 씨앗(62), 공포-안심(78), 개발(96), 생명 지역(109),
플러그-언플러그(214)

'가난한' 사람들의 풍요로운 식재료

–

에콰도르 바이아데카라케스

지구온난화 – 멸종

|

경제 시간이 생태계의 시간을
앞질러가다가 생긴 이상 현상

환경문제 가운데 인류의 미래에 가장 큰 충격을 주고 있는 것은 지구온난화일 것이다. 슬로 라이프란 온난화를 막기 위해 우리의 산업과 삶의 방식을 '슬로다운'하자는 의미이기도 하다. 만약 그렇게 되지 않는다면 슬로 라이프 자체가 존립할 수 없기 때문이다.

지구온난화란 이산화탄소를 비롯한 가스 배출 속도가 그것을 동화·흡수하는 지구의 느긋한 속도보다 빨라서 생긴 이상 현상이다. 즉 인간은 경제 시간에 끌려다니다 결국 탄소 순환이라는 생태계 기반에 구멍을 내어버린 것이다. 기후변화의 영향은 다양하며, 우리는 이제 겨우 그 두려운 전체 모습 가운데 극히 일부를 이해하기 시작했다. 자연재해 증가, 열대성 전염병 확산, 사막화 진행 등도 온난화의 결과라고 많은 과학자가 지적하고 있다. 영국의 최대 보험 그룹 CGMU에 따르면, 자연재해로 인한 재산 피해액은 매년 10%씩 증가하고 있다. 지금 추세로 피해가 계속 증가하면

2065년에는 예상 피해액이 세계 총생산을 상회하게 된다.

또 파멸적인 결과를 초래할 수 있는 일 가운데 하나는 빙하가 녹는 것이다. 월드워치연구소에 따르면, 과거 35년 동안 북극해를 뒤덮은 얼음이 42%나 얇아졌다. 그린란드를 덮은 얼음도 이미 녹기 시작했는데, 그것이 온난화의 진행으로 전부 녹아버리면 해면이 약 7미터 상승하고, 전 세계 연안 도시와 아시아의 주요 농경지인 하천의 범람원汎濫原이 수몰돼버린다고 한다.

또 급격히 진행되고 있는 다양한 생물의 멸종도 기후변화에 의한 것이다. 지구온난화에 따른 환경의 급격한 변화에 생물이 적응하는 데 필요한 시간이 주어지지 않은 것이다. 이대로 가면 이번 세기 안에 현재 서식 중인 생물의 절반에서 3분의 2가량이 멸종한다고 한다.

멸종 자체는 생물 진화에 늘 동반되는 것이므로 매우 특별한 일이라고는 할 수 없다. 지난 40억 년의 생물 진화사에 등장한 모든 종 가운데 99.9999%는 이미 멸종했다고 여겨지며, 현재 진행 중인 대량 멸종 이전에 적어도 다섯 차례나 대량 멸종한 적이 있다는 사실도 알려졌다. 그러나 현대의 대량 멸종이 이전과 다른 점은, 하나의 종에 불과한 인간에 의해 초래되었다는 사실이다.

점점 더 빨라지는 시간 속에서 바쁘게 살아가고 있는 우리는 어쩌면 진화란 상상도 할 수 없을 만큼 느린 과정이라는 사실을 짐작하기 힘든 것인지도 모른다. 3000만 종으로 추정되는 지구에 사는 다양한 생물은 40억 년에 걸쳐 서서히 만들어졌다. 오늘날 인류가 만들어낸 융성한 문화는 모두 이 위대한 선물 덕분이다. 지금 우리는 그것들을 눈 뜨고 잃어버리려 한다.

'느림'이라는 화두는 바로 이러한 어두운 전망 속에서 태어난 작은 희망이라는 사실을 기억해두어야 하지 않을까?

깊이 알기
월드워치연구소, 《지구환경보고서 2004》, 도요새, 2004년

이어 읽기
슬로 라이프(15), 개발(96), 슬로 워터(114), 흙(119)

TROUBLED WATERS - 세계 각지의 대홍수를 보도한다

〈샌프란시스코 크로니클〉, 2002년 8월

생명 지역

|

내 발밑의 땅이 살아 있음을 느껴본 적이 있는가?

생명 지역이란 무엇인가? 이 말을 1970년대부터 사용하기 시작해 지금도 샌프란시스코를 거점으로 '생명 지역주의 운동'을 펼쳐나가고 있는 피터 버그는 이에 대해 다음과 같이 설명하고 있다.

우리 모두는 어딘가의 땅에 살고 있다. 참으로 당연한 말이다. 그렇지만 바로 거기에 신비하고도 중요한 사실이 감추어져 있다. 그것은 우리가 생활하고 있는 이 장소가 바로 '살아 있다'라는 점이다. 이를 생명 지역이라 부르기로 하자.

즉 지역이란 인간이 살아가기 위해 필요한 장소일 뿐 아니라, 애초에 인간이 있든 없든 그것과 상관없이 '살아 있는 곳'이다. 또 고유한 토양이나 지형, 수계水系, 기후, 동식물을 비롯한 수많은 자연의 특질을 갖춘 독자적인 '생명의 장場'이라는 사실이다. 인간은 그러한 '생명의 장' 속에 들어가 사는 공동체의 일원이다. 이 장에서 분리된 인간은 존재할 수 없다. 인간은 이 생명 공동체 덕분에 살아갈 수 있는 존재다.

하지만 산업사회, 특히 도시에서 인간 사회의 존재 방식은 생명 지역의 대척점에 서 있다. 여기서의 '지역'은 대체 가능한 장소다. 사람들은 직업에 따라 한 지역에서 다른 한 지역으로 이동하는데, 그로 인해서 생활의 내용이 크게 달라지는 일은 없다. 이러한 점은 '기동성'이라 불리며, 고도로 발전된 사회의 특질로 높이 평가받는다. 규슈 지방에 살든 도호쿠 지방에 살든 본질적인 차이는 없다. 뉴욕에 살든 파리에 살든 생활 면에서 이렇다 할 차이는 없다.

장소가 대체 가능한 것은 인간이 대체 가능한 것과 대응된다. 장소와 인간은 상호 소원하고 익명적인 관계인 셈이다. 그 냉랭한 관계는 숲을 모두 베어버리고, 동물을 마구 포획하고, 광물자원을 모두 파낸 뒤 다음 장소로 이동하는 대기업의 사업 방식에서도 찾아볼 수 있다. 그들에게 자연이란 그저 대체 가능한 자원에 불과하다. 현대의 심각한 환경 위기는 이런 사고방식과 행동에서 시작되었다고 할 수 있다.

생명 지역주의는 '다시 거주하기Re-Inhabitation'를 제창하고 있다. 즉, 다시 한번 인간과 지역 간의 유기적이고도 온기 넘치는 관계를 회복하기 위해 그곳에서 '사는 일'을 재학습하자는 것이다. 그 어떤 것도 같은 게 없는 독특한 지형·토양·물의 흐름·햇빛·바람·습도와 미생물부터 동물에 이르기까지, 다양한 생명체가 공존하는 공동체 안에서 다시 한번 따

뜻한 피가 흐르는 몸과 마음을 지닌 하나의 생명으로서의 멤버십을 요구 받고 있는 것이다. '다시 거주하기'란 유구한 시간의 흐름 속에서 자라나온 앎Slow Knowledge과 기술Slow Art의 프로세스다. 더불어 우리가 잃어버린 먼 과거의 문화적 기억에 대한 환기를 의미하는 것이기도 하다.

깊이 알기
게리 스나이더, 《야성의 실천》, 문학동네, 2015년

이어 읽기
패스트 하우스-슬로 디자인(34), 움직인다-머문다(151), 플러그-언플러그(214), 테크놀로지-아트(236)

서울 도심의 가로수를 잘라보면 그 단면에 나이테가 없다는

얘기가 생각납니다. 그늘이 없는 것은 그렇다 해도 나이테가 없다니요!

그 말은 사람의 손에 지문이 없다는 말처럼 충격적으로 들립니다.

그 충격적인 말을 듣고도 저는 고개를 끄덕거렸었지요.

언제부턴가 자라는 것을 멈추어버리고 왜소해지는 제 자신이

생각나서였을까요? 자신을 포함해서 그 누구를 진정으로 키울 수도

가르칠 수도 없다는 자괴감이 들면서부터 제가 찾은 일은

푸성귀를 기르는 일이었습니다. 요즘도 10여 평의 땅을 빌려서

이것저것 씨를 뿌리고 모종을 내서 기르고 있습니다.

밭에서는 아직 자연의 속도가 느껴집니다.

자연의 속도는 모든 생명체마다 다 다릅니다.

고춧잎을 파고드는 진딧물이 기어가는 속도가 있는가 하면,

열무 줄기 위로 날아드는 흰나방의 속도가 있습니다.

그 사이에는 수많은 벌레들과 식물들의 속도가 공존하며 살고 있습니다.

싹이 돋는 데 오래 걸리는 게 있는가 하면 자라는 데 더딘 것도 있습니다.

하나로 규정할 수 없는, 규정할 필요도 없는 그 속도를 조금씩이라도

제 몸속에 옮겨 심었으면 하는 마음으로 밭에 가곤 합니다.

그러나 삶의 대부분을 나이테가 없는 가로수들과 함께 살고 있는 한

우리에게서 생명의 윤곽을 찾아보기는 더 어려워질 것입니다.

나희덕, '속도 그 수레바퀴 밑에서' 중에서, 〈녹색평론〉 1997년 7·8월호

슬로 워터

|

우리는 지구의 물을 빌려 쓰고 있을 뿐

'지구의 날' 행사가 있던 2002년 4월, 나는 〈알렉세이와 샘〉이라는 다큐멘터리 영화를 만든 모토하시 세이이치와 대담하기로 했다. 아침에 일어나보니 비가 내리고 있었는데, 나는 '하필이면 오늘 같은 날 비가 오네…' 하면서 '지구의 날'에 내리는 비를 달가워하지 않는 자신을 책망하며 빗속을 뚫고 회담장인 요코하마 항구의 대형 선박으로 향했다. 도착해 보니 주변은 온통 바다고, 하늘에서는 세찬 빗줄기가 퍼붓고, 사방이 그야말로 물투성이었다. 그리고 그날 모토하시와의 대화도 거의 물에 관한 것이었다. 그때 이후 나에게 물은 하나의 테마가 되었다.

영화의 무대가 된 곳은 벨라루스의 부지시체 마을. 그곳은 1986년 폭발 사고가 일어난 체르노빌 원전에서 북동쪽으로 180킬로미터 떨어진 곳이다. 정부의 이주 권고로 600명의 주민 대부분이 마을을 떠났지만, 55명의 노인과 알렉세이라는 한 청년이 그 마을에 남아 살고 있었다. 사고로

114

인해 마을의 숲도 밭도 초원도 모두 방사능에 오염되어버렸지만, 그 마을 중심에는 마치 기적처럼 방사능이 전혀 검출되지 않는 샘이 있었다.

그런데 어째서 그 56명의 사람만이 마을에 남게 된 것일까? 그들은 이 마을에는 돈으로 살 수 없는 풍요로운 삶이 있다고 했다. 특히 '100년의 샘'에서 나오는 물은 그 무엇과도 바꿀 수 없는 것이라고 했다. 노인들은 모토하시에게 마을을 떠나게 되면 더 이상 물을 되돌릴 수가 없게 된다고 말했다. 그들은 샘물을 자신들의 생명을 기르기 위해서 빌려온 것이라 여기고 있었다.

카메라는 마을 사람들이 매일 샘과 자신들이 사는 곳을 오가며 물을 길어 나르는 모습을 담았다. 그것은 말 그대로 일상이었다. 샘물가에서는 계절마다 다양한 의례가 펼쳐졌다. 1월의 십자가 축일에는 각 가정마다 십자가를 만들고, 그것을 샘물가로 가져와서 다른 집의 십자가와 교환한다. 또 그것을 물이 든 항아리에 넣어 집으로 가져가서 이따금씩 그 물로 집 안을 정화하고, 병이 나면 물을 끼얹거나 마시기도 하면서 다음 십자가 축일까지 1년 동안 소중히 보존한다.

영화 마지막에서 내레이터인 알렉세이는 이렇게 말한다.

"내 안에는 샘물이 흐르고 있다. 그리고 그 샘물이 나를 이곳에 머물게 하고 있다. 나의 마을에 나를 잡아두고 있다. 그래, 그런 것이다."

마을 사람들은 자신과 물의 유대 관계를 너무나 당연한 것으로 받아들인다. 그리고 그 유대 관계를 "물은 빌려온 것이다"라는 말로 표현한다. 우리 신체의 60~70%는 물로 이루어져 있다. 또 지구는 물의 행성이라 일컬어지는데, 지구의 물 가운데 해수가 97%, 담수는 3%에 불과하다. 그리고 담수 가운데 대부분은 빙하나 지하 깊숙이 있어서 실제로 인간이 이용할 수 있는 물은 극히 적다 하겠다. 지구의 물을 한 양동이로 생각했을 때, 우리가 쓸 수 있는 양은 한 스푼에 불과한 것이다. 그것을 우리 모두 돌려가며 함께 나누어 쓰고 있다. 그러니까 그들은 내 물을 내 마음대로 쓴다고 생각하지 않고, 지구의 물을 빌려 쓴다고 생각하는 것이다.

우리 인간만이 아니라, 지금 살아 있는 3000만 종의 생물과 과거에 살았던 무수한 생물이 모두 함께 사용해온 셈이다. 〈알렉세이와 샘〉에서 우리는 평소에 전혀 의식하지 못했던 시간과 만나게 된다. 그 샘물은 생물학적 시간과 지질학적 시간 모두를 포함한 유장한 시간을 흐르면서 지금도 그곳에서 솟구쳐 오르는 '슬로 워터'인 것이다.

부지시체 마을 사람들이 그곳을 떠나 살게 되면 아마도 병 속에 든 안전한 물을 마시게 될 것이다. 맑은 샘물이 없는 곳에서 사는 대다수 도시인처럼 말이다. 도시인들은 샘 대신 '청량음료'가 샘솟는 냉장 기능의 자동판매기를 260만 대나 보유하고 있다. 이 책이 쓰여진 2005년의 상황에서-편집자 주 우리는 대규모 상하수도 시스템과 화학 처리 시스템을 갖추고 상품화된 '패스트 워터' 시대에 살고 있다.

21세기를 물의 세기라고 한다. 이제까지의 전쟁이 석유 같은 화학연료를 둘러싼 것이었다면, 이제부터의 전쟁은 물을 둘러싼 것이 된다는 뜻이다. 그리하여 우리는 지금 중요한 기로에 서 있다. 지구를 둘러싼 거대한 물순환의 고리와 그 유장한 시간에 순응하는 삶을 택할 것인가, 아니면 경제·군사·과학기술의 힘으로 확보되어 수송되는 페트병 속의 시간에 생명을 맡길 것인가. '슬로 워터'와 '패스트 워터', 그것은 단순히 물리적 차이의 문제가 아니다. 바로 우리의 정체성을 결정짓는 정신적이고도 문화적이며 영적인 구별인 것이다.

깊이 알기
모토하시 세이이치, 〈알렉세이와 샘〉, 2002년
반다나 시바, 《물전쟁》, 생각의나무, 2003년

이어 읽기
슬로 러브(72), 흙(119), 유전자 조작-딥 에콜로지(142), 모모-시간(195),
자동판매기-물통(227)

느림의 철학자들

모토하시 세이이치本橋成一

1940년 도쿄 출생. 사진가, 영화감독. 〈탄광 '야마'〉로 제5회 태양상을 수상했다. 1991년부터
체르노빌 원전 사고 피해 지역인 벨라루스를 방문해 오염 지역에서 사는 사람들을 사진과 영화로 담았다.
1998년 첫 영화 〈나자의 마을〉로 국내외에서 호평을 받았으며, 두 번째 영화
〈알렉세이와 샘〉으로 제52회 베를린 국제영화제 신인상 및 국제 시네클럽상을 수상했다.

연어가 거슬러 오르는 온대 우림의 계곡

-

캐나다 퀸샬럿 제도

흙

|

흙과 오랜 세월 사귀어온 작물에서
태평스러운 사귐을 배우자

《태평 농법의 권유》를 저술한 농학 박사 니시무라 가즈오西村和雄
의 안내로 흙에 대해서 생각해본다.

흙이란 무엇인가? 흙은 본래 암석이 풍화한 것이다. 어째서 풍화하
느냐고 묻는다면, 지구에는 물도 있고 공기도 있고 생물도 있기 때문이라
고 대답하겠다. 흙은 비로 인해 생긴다고 해도 좋다. 흙 속에는 풍화에 의
해 생긴 무기물뿐 아니라 수많은 생물이 살고 있다. 이러한 생물 또한 흙을
만드는 중요한 역할을 맡고 있다. 흙 속에는 지렁이, 진드기, 선충 등의 토
양 동물 외에도 곰팡이, 세균 같은 미생물이 많이 살고 있다. 비옥한 토양에
서는 1그램의 흙 속에 대략 1억 마리의 생물이 산다. 실제로 이러한 생물이
흙을 비옥하게 만들고 있는 셈이다. 여기에 대해서 니시무라는 말한다.'태
평 농법'의 첫 번째 원칙이 바로 여기서 나온다고. 인간은 억척스레 일할 것
이 아니라, 토양 속의 생물을 늘리는 요령만 터득한 후 나머지는 그들에게

맡기면 된다고.

과연 비옥한 흙이란 어떤 것인가? 미생물이 살기 좋은 단립구조團粒構造 개개의 미세한 토양 입자가 '모여서' 덩이를 이룬 구조. 이는 토양 입자가 따로 따로 '독립하여' 존재하는 단립구조單粒構造에 비해 부드럽고 물과 공기가 잘 통해 미생물이 잘 번식해 식물 성장에 좋다-역주가 발달하고, 배수가 잘되고, 물이 잘 빠지면서도 촉촉하고 양분의 균형이 적절히 이루어지고, 다양한 생물이 많이 살고, 유기물 분해가 잘 이루어지는 흙을 말한다.

바로 여기서 '태평 농법'의 두 번째 원칙이 나온다. 흙을 따로 갈지 않아도 된다는 것이다. 땅을 마구 파헤치고 지렁이를 함부로 동강 내면서까지 흙의 구조를 파괴할 필요가 없다.

니시무라는 "흙은 정신이 아득해질 만큼 아주 오랜 세월을 두고 만들어진 것"이라고 말한다. 그것을 불과 반세기도 되지 않은 어중간한 과학 기술로 이해하려 든다거나 바꾸려 드는 것은 인간의 오만일 뿐이라고 말이다. 우선 우리는 지구상의 생명체가 각각의 고유한 시간을 살고 있다는 생각으로 돌아가야 한다. 작물을 기르기 위해서는 그 작물의 시간을 이해해야 한다. 흙과 오랜 세월에 걸쳐 사귀어온 작물에서 그 유장하고도 온화한 사귐을 겸허히 배워야 한다.

지구상의 다양한 전통문화 속에서 사람들은 세대에서 세대로, 그와 같은 느린 사귐을 그야말로 아주 천천히 이어온 것이 아니던가. 니시무라는 이 점에 대해서 다른 생물에게서 삶의 방식을 배우는 커뮤니케이션 또한 그 안에서 전승되어왔다고 말한다. 이는 '생물학적 흉내 내기Bio

-Mimicry'라는 전문용어로 통용되는데, 그 안에는 전문가뿐 아니라 우리 일반인들에게도 꼭 필요한 지혜가 담겨 있다.

흙은 바로 우리 한 사람 한 사람의 존재 기반이다. 토양이 고대 식물을 생장시켰고, 역으로 그 식물은 바람과 물에 의한 토양의 침식을 막아왔다. 식물이 생과 사를 반복하면서 토양이 축적되었으며, 그 토양은 식물과 그것에 의존해서 살아가는 동물의 다양성까지도 뒷받침했다. 불과 몇 센티미터에서 십몇 센티미터의 두께밖에 되지 않는 얇은 피부와 같은 표토表土가 인간 문화와 문명의 기반을 만들어온 셈이다. 그것이 바로 원주민들이 '어머니인 대지'라고 표현하는 말의 진의다.

하지만 현재 그처럼 얇은 피부 같은 표토가 급속하게 유실돼가고 있다. 월드워치연구소의 조사에 따르면, 나이지리아에서는 매년 500제곱킬로미터가 넘는 농지가 사막화되어가고 있다. 카자흐스탄에서는 토양침식에 의한 생산성 저하로 최근 20년간 경지의 절반이 버려졌다. 그리고 표토의 유실은 전 세계 대부분 지역에서 새로운 토양을 형성하는 자연의 속도를 뛰어넘으며 계속해서 진행되고 있다. 이는 증가하는 인구를 떠받치기 위한 식량 생산 기반까지도 뒤흔들 정도로 심각한 상황이다.

공업적이고 화학적인 농업, 축산업이 야기하는 이러한 문제에 대처하기 위해서는 무엇보다 제1차 산업의 느린 존재 양식을 모색할 필요가 있다. 그러기 위해서는 먼저 니시무라의 말처럼, 인간이 생물과 흙의 고유한 시간과 조화를 이룰 수 있는, 자연과의 태평스러운 사귐에 대해서 다시 배워야 할 것이다.

깊이 알기
가와구치 요시카즈, 《신비한 밭에 서서》, 들녘, 2000년

이어 읽기
생산한다-기다린다(53), 농업-농사(58), 슬로 러브(72), 슬로 워터(114)

느림의 철학자들

가와구치 요시카즈川口由一

1939년 출생. 전문 농가의 장남으로 중학교 졸업과 동시에 농업을 계승했다. 농약으로 인해 심신이 피폐해지면서 생명을 존중하는 농사 방법을 모색하기 시작했고, 1970년대 중반부터 자연농을 시작했다. 아카메 자연농 학교, 도쿄의 겐지 학교 등에서 자연농을 전파했다. 지은 책으로 《자연농으로부터 농을 넘어서》, 《신비한 밭에 서서》, 《자연농, 느림과 기다림의 철학》(공저) 등이 있다.

가와구치 요시카즈의 밭은 작은 풀밭 같다.

-

나라현 사쿠라이시

스몰

|

적당하고 적합한 것이 아름답다

《작은 것이 아름답다》에서 E. F. 슈마허는 자신의 학문 분야인 경제학에 대해서 이렇게 말했다.

"만일 경제학이 국민소득이라든가 성장률과 같은 추상적인 개념을 언제까지고 넘어서지 못한 채 빈곤·좌절·소외·절망 등과 범죄·현실 도피·스트레스·혼잡 그리고 정신의 죽음과 같은 현실의 모습에 대해서는 아무런 언급도 하지 않는다면, 우리는 그러한 경제학을 폐기하고 새로운 경제학을 찾아내야 하지 않을까?"

또 그는 '더 빠르게, 더 많이'만을 외치며 대량 생산에 봉사하는 거대 기술이 아니라 마하트마 간디가 말하는 대중에 의한 생산에 봉사할 수 있는 민주적인 기술을 제창한 바 있다.

"나는 기술 발전에 새로운 방향을 제시해 그 기술이 이제 인간에게 정말로 필요한 것이 될 수 있다고 믿는다. 그것은 자그마한 존재의 키 높이에 맞춘 방향이기도 하다. 작은 것이야말로 멋진 것이다."

작은 키에 어울리는 적당한 사이즈와 규모가 있는 것처럼, 자그마한 존재인 사람이 함께 살아가는 커뮤니티에도 그에 어울리는 크기가 필요하다.

'느림의 문화'에 대해서도 비슷한 이야기를 할 수 있다. 각자의 키에 맞는 보폭과 속도가 있는 것처럼, 각각의 문화에도 그에 걸맞은 속도가 있다. 또 사람과 자연의 관계, 사람과 사람의 관계에 적당한 리듬과 속도의 완급이 필요한 것처럼, 세상 만사에도 그에 적합한 시간의 흐름이 존재한다.

슈마허는 다음과 같이 말한다. "기술은 인간이 만든 것임에도 불구하고 독자적인 법칙과 원리로 발전한다. 반면 자연계는 성장과 발전을 '언제, 어디서 멈출 것인가'를 알고 있다. 자연계의 모든 것에는 크기·빠르기·힘의 한도가 존재한다. 그렇기에 그 일부인 인간도 자연계 안에서는 균형·조절·정화의 힘이 작동하고 있는 것이다. 반면, 기술이라는 것은 크기·빠르기·힘을 스스로 제어하는 원리를 인정하지 않는다. 그래서 거기에는 균형·조정·정화의 힘이 작동하지 않는다."

슈마허의 '기술'이라는 말을 '현대사회'라든가 '경제'라는 말로 바꾸어보아도 크게 다르지 않을 것이다. 여기서 중요한 것은 과거 전통 사회에서는 크기·빠르기·힘의 한도를 늘 숙지하고 있었으며, 따라서 자연계와 마찬가지로 균형·조절·정화의 힘이 작동하고 있었다는 점이다. '본래 문화란 사회 속에 그러한 절도를 불어넣는 메커니즘이 아닐까'라는 것이 나의 생각이다. 불문율·도덕·예의·신화·두레, 장로의 위엄 있는 말, 할머니가 들려주는 옛날이야기, 사람들의 행동거지나 몸가짐 같은 문화적 양식은 스스로 균형을 이루고 조절하고 정화하는 문화적인 메커니즘이 아닐까. 그러나 이러한 메커니즘은 파탄난 지 이미 오래다. 그리고 무한히 '더 크게, 더 빠르게, 더 강하게'를 요구하는 기형적인 사회가 마치 자연계를 잠식하는 암세포처럼 번성하고 있다.

환경의 재생. 그것은 아마도 '작고 느림'이라는 가치의 복권을 통해서만 가능할 것이다.

이어 읽기
비폭력(164), 자동차(231), 테크놀로지-아트(236)

느림의 철학자들
E. F. 슈마허Ernst Friedrich Schumacher
1911년 독일 본에서 출생. 경제학자. 명저 《작은 것이 아름답다》, 《자발적 가난》 등을 통해
물질 지상주의로 대변되는 현대 문명을 통렬히 비판했다.
1977년에 사망했으나, 그의 경제 철학과 환경 철학은 21세기를 맞은 지금도 여전히 유효하다.
영국에는 그의 이름을 딴 '슈마허 칼리지'가 있다.

슬로 타운

속도를 늦추면 눈앞의 풍경이 달라 보인다

시즈오카현 가케가와시에서는 신무라 준이치榛村純一시장을 필두로 이전부터 고령자 복지와 평생교육을 중시한 지역 만들기 사업을 펼쳐왔는데, 여기에 '슬로 라이프'라는 말을 조합해, 2002년 11월 '슬로 라이프 시티 선언'을 발표했다. 경제적 효율성을 우선시하는 도쿄 중심의 일본 사회에서 이제껏 경시되어온 가치를 지방자치단체에서 받아들인 예로 주목할 만한 가치가 있다. 고령화된 복지사회가 지역의 평생교육Slow Education 사업에 적극적으로 나서서 시민에게 활력 넘치고 아름답게 늙어가기Slow Aging를 제창한 점은 확실히 눈여겨볼 만한 일이다.

흔히 미디어에서는 고령화의 그늘진 측면만이 강조되기 쉽다. 거기에는 인구 증가나 젊고 풍부한 노동력을 전제로 한 '성장형 경제 관점'에서 나온 우려가 넘치게 마련이다. 하지만 가케가와시는 이러한 경제성장 지상주의에서 벗어나, 나이 먹는 일의 진정한 의미를 재발견하려 하고 있다.

이러한 가케가와시의 움직임과 더불어, 52개 시·군·구가 모여 슬로 타운 연맹을 결성했다. 거기에서도 다음과 같은 점이 논의되었다.

"전후 일본은 구미 제국을 따라잡고 추월하겠다는 목표로 정치·경제 중앙집권 시스템의 경제 대국을 향해 맹렬한 속도로 돌진해왔다. 하지만 21세기를 맞이한 지금, 이와 같은 전후 50년의 가치관을 재정립할 필요가 있지 않을까 생각한다."

그 밖의 많은 지방자치단체가 이 '슬로'라는 말을 주목하고 있다. 중요한 것은 이 말이 생산과 소비를 지역 안에서 서로 연결 짓는 지산지소 地産地消 그 지역의 생산물을 그 지역에서 소비한다는 의미-역주 운동이나 지방분권을 촉구하는 흐름과 서로 연계되어 있다는 점이다. 특히 먹거리와 농업 문제에 뜨거운 관심을 기울이는 생산지 사람들은 유럽에서 시작된 슬로 푸드 운동에 관심이 많다.

슬로 타운 연맹 멤버이기도 한 후쿠시마현 이다테 마을의 간노 노리오菅野典雄촌장은 '슬로'라는 말이 일본에 들어오기 훨씬 전부터 느리게 사는 일의 가치를 지역 조성 사업의 기본으로 삼자고 제안해왔다. 1933년에 그가 쓴 '속도를 줄이자'라는 선언문은 이러한 슬로 타운 운동의 흐름을 한발 앞서 나아간 것이라 볼 수 있다.

"능률주의·효율주의·합리주의·경제성이라는 관점에서는 진정한 정신 활동이 생겨나지 못한다. 우리 사회는 속도를 줄여야 할 필요가 있다. 달리고 있는 사람은 걷도록 한다. 걷고 있는 사람은 잠시 멈춰 선다. 멈춰 서 있는 사람은 그 자리에 주저앉아보자. 그러면 먼발치에 핀 꽃들이 얼마나 아름다운지 눈에 들어올 것이다. '분발!'을 조금만 늦추면, 분명 눈앞의 풍경이 달라 보인다. 세상의 남자들이여, 돈벌이가 되지 않는 일도 얼마쯤은 해보는 것이 어떻겠는가!"

이어 읽기
슬로 라이프(15), 슬로 푸드(48), 있는 것 찾기(130), 분발하지 않기-장애인(182), 노인-어린이(190)

있는 것 찾기

|

없는 것 애달파하는 대신 있는 것을 찾자

도호쿠의 민속 연구가이자 음식 문화에 조예가 깊은 유키 도미오는 '없는 것 애달파하는 대신 있는 것 찾기'라는 모토 아래 도호쿠 각지의 지역 조성 사업에 관여해왔다.

그는 도호쿠의 시골 마을을 발로 찾아다녔다. 특히 그가 다닌 곳은 관광객의 발길이 전혀 닿지 않는, 이렇다 할 특색도 없는 곳이었다. 그곳에는 과연 무엇이 있었을까? 집 마당에는 매실나무 두 그루와 감나무 세 그루, 뒤뜰에는 무화과나무와 밤나무. 그리고 처마 밑도 살펴보자. 양파, 마늘, 무, 곶감…. 이러한 농가의 풍경은 평범한 할머니들과 아주머니들이 만들어온 것이라고 그는 생각한다. 매실을 말리고 곶감을 말리는 일, 그것을 만들기 위해 나무를 심어왔다. 꽤 긴 시간이 걸리는 일이다. 오랜 시간을 들여 삶의 풍경을 다듬어나간다. 그리고 그러한 풍경 속에 녹아들어간다.

근년 들어서 유키는 미야기현의 기타가미와 미야자키 지역을 근거지로 삼고 주민들과 함께 그 지역의 음식 문화를 조사했다. 그는 이를 지본학地本學이라 부른다. 기타가미 지역에서 이제까지 조사된 식재료는 모두 410가지. 조리 기술로는 물로 익히는 방법이 스물아홉 가지, 재료를 써는 방법만도 서른아홉 가지나 됐다고 한다. 어째서 이렇게 다양한 방법이 있냐 하면 각각의 식재료에는 저마다 특성과 개성이 있어서 어떤 것은 땅딸막하고, 어떤 것은 가느다랗고, 또 어떤 것은 움푹 들어가 있기 때문이다. 모양과 질감과 상태가 다르니 써는 방법도 달라야 하지 않겠는가.

이처럼 풍요로운 음식 문화는 마당이나 처마 밑의 향토 식재료와 각각의 개성을 살리는 조리 기술에서 나온 것이라는 게 그가 오랜 세월에 걸쳐 연구한 결론이다.

풍요로움을 추구하며 경제성장 노선을 달려온 최근 수십 년 동안 일본에서 도호쿠 지방은 오랜 시간 가장 낙후된 지역으로 여겨졌다. 또 이곳 사람들은 도쿄 중심의 척도에 스스로를 맞추면서 미래를 개척해가려고 애써왔다. 이곳에서는 풍요로움이 아주 멀리 있다고 여겼으며, 사람들의 관심은 오로지 '이곳에 없는 것'에만 향해 있었다. 하지만 지금 그러한 도호쿠에서 가치관의 일대 전환이 일어나고 있음을 발견할 수 있다. 그것은 바로 유키가 말하는 '없는 것 애달파하는 대신 있는 것 찾기'에 잘 나타나 있다.

이곳의 마스다 히로야 지사는 '분발하지 않기 선언'을 발표했으며, 가치관의 전환을 추진하고 있는 이와테현, 그 가운데서도 변두리 지역인 구즈마키의 에기리가와 지구, 이 '아무것도 없는 산촌'은 지역 조성 사업의 일환으로 '있는 것 찾기'를 시작했다. 그들이 가장 먼저 찾은 것은 다이쇼 大正 시대(1912~1926년)부터 써온 물레방아 세 대. 이곳이 일본에서 가장 늦게 전기가 들어온 지역이었기 때문에 그 물건이 남아 있었던 것이다. 이어 눈에 들어온 것이 잡곡과 메밀이었다. 쌀농사가 그다지 잘되지 않는 이곳의 서늘한 기후 덕분에 이 지역의 특산물이 된 것이다. 그리고 여기에 활력 넘치는 할머니들과 아주머니들. 이 세 가지 요소를 결합한 것이 바로 '숲 속의 메밀국수집'이다. 물레방아를 동력으로 방아를 찧고, 여자들이 손으로 직접 빚어 만든 메밀국수와 함께 잡곡밥, 화롯불에 구운 곤들매기를 곁들여 내놓는다. 이것이 큰 인기를 얻게 되면서 지금은 점심시간이면 사람들이 길게 줄을 늘어설 정도가 되었다.

야마가타현 쓰루오카시의 경우는 시가 적극적으로 나서서 댐 건설에 반대 의사를 표명했다. 좋은 물로 널리 알려진 데와의 삼산三山에서 흘러내리는 지하수를 지켜내는 것을 지역 조성 사업의 기본이라 생각한 사람들이 모여서 '맛있는 물 팬클럽'을 결성하기도 했다. 그중 한 사람인 이탈리아 요리사 오쿠다 마사유키奧田政行는 우물을 사들이고, 그곳에 레스토랑을 지었다. 식재료 대부분은 마을에서 나는 것이다. 그의 하루는 먼저 밭에 나가 채소 상태를 살펴보고 그날의 메뉴를 결정하는 일에서부터 시작된다. 그가 운영하는 레스토랑의 이름은 '알 케차노'. 이탈리아풍의 이름은 사실 그곳 사투리인 '아루케 차노(아아, 여기 있었구나!)'라는 말에서 따온 것이다.

즉, 멀리 있는 것만 바라보던 사람이 문득 자신의 발밑에서 가치 있는 것을 발견했을 때의 놀라움과 기쁨을 표현한 말이다. 그것은 또한 지금 도호쿠 지방 곳곳에서 일어나고 있는 가치관의 전환을 대변한 말이기도 하다.

이어 읽기

슬로 푸드(48), 슬로 타운(127), 분발하지 않기-장애인(182), 잡곡(237), 뺄셈의 발상(252)

느림의 철학자들

마스다 히로야增田寛也

1951년 도쿄 출생. 전 이와테현 지사. 1995년 이와테현 지사로 첫 당선되었으며,
2001년 1월 '분발하지 않기 선언, 이와테'를 전국지에 전면 광고를 실으면서 화제를 불러 모았다.
그는 자연 에너지 추진, 환경 공생형 지역 조성 사업, 지방분권 실현을 향한 리더십 등으로
많은 사람의 주목을 받았다.

아무것도 없다고만 여겼던 산촌에 보물이 감춰져 있었다.

-

이와테현 구즈마키

원주민 달력
|
자연의 시간에 인간의 삶을 순응시키자

하이다과이는 캐나다 서쪽 해안의 북위 52도에서 54도에 걸쳐 남북으로 길게 뻗은 쐐기 모양의 군도群島를 일컫는다. 영어명은 퀸샬럿 제도다. 난류로 인해 위도에 비해 기후가 온난하며, 강수량이 풍부해 전나무, 삼나무 등 거목으로 이루어진 온대 우림을 만들었다. 원주민인 하이다족은 이 숲과 더불어 자연의 풍요로운 혜택인 바다를 무대 삼아 수천 년 전부터 독자적인 문화와 사회를 이뤄왔다. 구자우는 현대 하이다족의 대표적인 문화 전승자이자 정치 지도자다.

'자연의 낙원'으로도 널리 알려진 하이다과이는 자원 개발과 자연 파괴가 가장 급속하게 진행된 곳이기도 하다. 이 원시림은 1970년대 이후부터 행해진 남벌로 인해 급속히 사라져갔다. 벌목을 저지하려는 투쟁의 선두에는 언제나 큰북을 두드리며 우렁찬 소리로 민요를 부르는 구자우가 있었다. 한번은 취재에 나선 TV 캐스터가 그에게 물었다. "생명과 관련된 일도 아닌데, 어째서 그렇게까지 나무를 지키려 하는 것인가요?" 구자우는 이렇게 대답했다.

"분명 내가 죽지는 않을 테지만, 숲이 없어지면 우리는 누구와도 다를 바 없는 똑같은 사람이 되고 말 겁니다."

자신을 자신답게 만드는 것이 그곳에 서 있는 나무들 때문이라는 의미처럼 들린다. 그런데 나무와 자신을 저토록 동일시하는 듯한 사고는 일반 상식으로는 얼른 이해되지 않는다. 구자우에게는 숲이, 강이, 바다가, 그리고 그곳에 사는 다양한 생물이 자기 존재의 기저를 이루고 있다는 사실이 말이다. 그러한 연결이야로 그에게는 하나의 문화인 셈이다. 그에게 문화란 느리게 순환하며 흐르는 자연계의 시간에 인간의 삶을 순응시켜 조화롭게 꾸려나가는 지혜인 것이다.

하이다족의 으뜸가는 가수이기도 한 구자우는 자신의 큰북에 곰을 문장처럼 그려 넣었다. 그는 대지가 어머니라고 한다면, 곰은 형제와 같은 존재라고 말한다. 최근 실시한 생태 조사에 따르면 하이다과이를 비롯한 온대 우림에서는 강을 거슬러 오르는 연어를 곰이 잡아먹고, 이렇게 먹다 남은 물고기를 숲 곳곳에 던져버리기 때문에 연어가 많이 오는 해에는 나무의 나이테가 그만큼 두꺼워진다고 한다. 숲이 바다를 키운다는 사실은 널리 알려져 있지만, 바다 역시 숲을 기른다는 사실도 서서히 증명되고 있다. 그리고 연어와 곰은 숲과 바다를 이어주는 중계자로서 생태계를 지키며, 거대한 시간의 연결 고리 역할을 해내고 있다.

벵골만 동부의 안다만 제도 숲 속에 사는 사람들에게는 '향기의 달력'이란 것이 있어서 꽃이나 나무의 냄새를 통해 시간을 나타낸다고 한다. 북미 나바호족의 신화에 따르면, 이 세상 최초의 인간은 모래 위에 그림을 그려서 달력을 만들었다고 한다. 그 이야기에 따르면 계절은 크게 겨울과 여름으로 나뉘며, 각각의 달은 그 시기에 일어나는 특징적인 사건에 따라 이름이 정해진다. 예를 들어 현재 우리가 사용하는 태양력의 11월에 해당하는 것은 '훌쩍 야윈 바람의 달', 1월은 '꽁꽁 언 눈雪 얼굴의 달', 4월은 '보드랍고 섬세한 잎사귀의 달'이다. 이렇게 각각의 달마다 그것을 특징짓는 '마음'이 담겨 있으며, 또한 거기에는 길조를 상징하는 '부드러운 깃털'에 해당되는 것도 있다. 예를 들어 '꽁꽁 언 눈 얼굴의 달'의 '마음'은 얼음, 이때 '부드러운 깃털'은 새벽의 샛별(금성)이다. '보드랍고 섬세한 잎사귀의 달'의 '마음'은 바람, 이때의 '부드러운 깃털'은 비다.

자수 공예가로 알려진 아이누족의 치캇푸 미에코チカシプ 美惠子는 매년 직접 만든 달력을 보내준다. 홋카이도의 자연 풍경을 찍은 사진에 한 땀 한 땀 정성을 들여 아이누의 전통 문양을 수놓은 달력이다. 이 달력이 주는 또 하나의 즐거움은 각 달을 표현하는 아이누의 말과 그에 대한 설명이다. 1월인 '쿠 에카이 추프'라는 말 속에 담긴 뜻은 '(추위가 아직 심해서) 당기려는 화살마저도 부러지는 달', 그리고 2월은 '(급류는 얼지 않지만 이때만은) 급류조차 꽁꽁 얼어버리는 달'이다. 그리고 8월은 '(긴 월동 준비를 위해) 여자도 아이도 부지런히 일하는 달'이다. 이들에게 시간은 이렇듯 저마다의 의미를 내포하고 있다. 그리고 이렇게 풍요로운 시간이 말 속에 깃들여 사람에게서 사람에게로, 그리고 세대에서 세대로 전승된다.

생각해보면 하이쿠에 들어 있는 세시기歲時記 또한 그런 풍요로운 시간을 표현한 언어의 보고寶庫다. 그 페이지들을 넘길 때마다 우리 마음 속 깊은 곳의 원주민이, 그리고 우리 내부의 애니미스트Animist 자연계의 모든 사물에 영혼이 존재한다고 믿는 사람들을 말한다-역주가 감응하지 않는가.

느림의 철학자들

호시노 미치오星野道夫

1952년 지바千葉 출생. 동물 사진가 조수를 거쳐 알래스카 대학에서 야생 관리학을 공부했다.
이후 동물 사진의 새로운 장르를 개척, 알래스카의 자연과 사람들을 담아낸 그의 사진은
주옥같은 글과 함께 국내외에서 높은 평가를 받았다. 1996년 취재 도중 캄차카반도에서 불곰의 습격을
받아 사망했다. 사진집으로《알래스카의 바람과 같은 이야기》,《숲과 빙하와 고래》등이 있다.

기러기 사냥에 나서는 5월은 직장도 학교도 쉬는 축제의 계절

-

캐나다 크리족

유전자 조작-딥 에콜로지

인간만을 위해 존재하는 생물은
지구 어디에도 없다

'딥 에콜로지Deep Ecology'는 노르웨이의 철학자 아르네 네스가
자신의 환경 철학에 붙인 이름으로, 1970년대 이후 환경 운동과 생태학 연
구에 종사한 사람들 사이에 널리 퍼져나갔다. '깊은Deep'이라는 의미에서
알 수 있듯이, 인간과 자연의 관계에 대해 깊은 질문을 던짐으로써 근대 정
신을 관통하던 인간 중심 사상을 뛰어넘는 것을 중심 테마로 삼고 있다.

이를 시간의 관점에서 말해본다면, 인간 중심적 시간을 자연에게
억지로 강요하는 이제까지의 방식에서 벗어나 인간의 삶을 자연의 시간과
조화를 이루는 방식으로 전환하는 것을 의미한다. 말하자면 딥 에콜로지
는 '슬로 에콜로지Slow Ecology'의 다른 이름이다.

딥 에콜로지가 주장하는 바는 이렇다. 인류는 특별하지도 않고, 유
달리 빼어난 종도 아니며, 다양한 종 가운데 하나일 뿐이라는 점을 자각해
야만 한다. 그리고 이제까지와 같이 자연계에 대해 특별 대우만을 요구해

온 오만한 태도를 버리고, 지구에 지운 막대한 부담을 조금씩이라도 줄여나가야 한다. 어떤 생물이든 이 지구에서 살아갈 권리가 있다. 그들은 서로얽히고 의지함으로써 서로를 지탱하고 있다. 인간 또한 예외일 수 없다.

자신도 그와 같은 생태계 가족의 일원이라는 관점에 서게 되면, 세계는 전혀 다르게 보일 것이다. 예를 들어 농업에서 토양 속 생명체를 전멸시킨다든가 돈이 되는 작물만을 키우기 위해 숲을 남벌한다든가 하는 일이 얼마나 어리석은 짓인지 깨닫게 될 것이다. 그리고 이제까지 현대 문명의 기반을 이룬 과학기술에 대한 생각을 통째로 재정립해야 할 필요성을느낄 것이다.

딥 에콜로지스트이자 환경 운동가인 반다나 시바는 어느 종이든 각자의 고유한 가치를 지니고 있다고 강조한다. 예를 들어, 소는 인간에게 우유를 제공하기 위해 살아 있는 것이 아니다. 소의 가치를 단순히 그 역할로만 측정할 수는 없다. 모든 자연의 요소는 본래의 고유한 가치를 지니고 있다. 살아가기 위한 자기 조직화의 능력 자체가 바로 그들의 가치인 것이다.

이러한 점을 언제나 나에게 일깨워주는 것은 인도의 시골입니다. 그 깊고그윽한 품속에서 우리의 몸과 마음 양쪽 모두에 필요한 은혜를 계속해서베풀어온 것은 바로 인도의 어머니인 대지입니다. 그러나 그 위대한 관용에도 한계는 있어서, 인간들이 자기 멋대로 행동하게 되면 대지는 마침내우리에게 준엄한 태도를 취하기 시작합니다.

'반다나 시바의 눈 2', 〈주간 금요일〉, 2002년 7월 26일 자 중에서 인간은 '자신에게 가치가 있느냐 없느냐'만으로 다른 종의 존재 가치를 결정하려고 든다. 인간에게는 '필요必要, 불필요不必要'만이 중요할 따름이다. 그래서인지 도움이 될 것 같지 않은 풀은 잡초라고 부른다. 또 돈이 되지 않는 나무는 잡목, 곡식은 잡곡으로 지칭한다. 인간에게 도움이 되는 종이 아니라면 그것은 멸종시켜도 괜찮다는 생각조차 서슴지 않는다. 하지만 어떤 종을 멸종의 위기로 내모는 일은 결국 자신의 생명을 떠받치고 있는 생태계를 파괴하는 행위다. 또 이러한 '필요, 불필요'의 사고방식은 더 나아가 '생명 조작'의 사고까지 이끌어내게 된다. 자신에게 어떠한 가치가 있다고 판단된 종의 가치를 더욱 높이기 위해 그 종의 설계도인 유전자를 조작하고 왜곡하고 개조한다. 그리고 '더 빠르게, 더 많이'라고 외치는 제1차 산업의 요청에 부응하기 위해서 그 종에 내재하는 고유의 시간까지도 단축시켜버리는 것이다.

시바의 지적에 따르면, 이러한 선별이나 생명 조작 사상은 전체를 부분들로 환원시키고 분해하고 분석하는 근대과학의 방법론과 밀접한 연관을 맺고 있다. 이에 대해 딥 에콜로지는, 세계란 그 전체가 하나의 덩어리로서 자신을 표현하고 있으므로 부분화나 세분화는 당치 않은 일이라고 본다. 사람 또한 그 전체에서 따로 떼어낼 수 없는 일부다. 사람과 다른 종-식물이든 토양이든 소든 양이든지 간에-사이에는 유대 관계가 있고, 밀접한 커뮤니케이션이 성립되어 있다. 이러한 생각을 전통 인도 철학에서는 '나는 바로 당신입니다'라고 표현한다. 타자를 포함한 자신, 타자이면서 동시에 자신인 자신, 이것이 바로 느리고도 깊은 생태학에서 '나'인 셈이다.

144

나는 충성을 맹세한다 '거북섬'의

땅에게,

그리고 그곳에 사는 생물들에게

게리 스나이더, '살려 하고 살릴 수 있는 것들을 위하여' 중에서

깊이 알기

반다나 시바(공저), 《위대한 전환》, 동아일보사, 2001년

이어 읽기

생산한다-기다린다(53), 농업-농사(58), 생명 지역(109), 에코 이코노미(204)

워싱턴에 있는 대통령이 우리 땅을 사고 싶다는 말을 전해왔다.

하지만 어떻게 땅과 하늘을 사고팔 수 있나?

이 생각은 우리에게 생소하다.

신선한 공기와 물방울이 우리 것이 아닌데,

어떻게 그것을 사가겠다는 건가?

우리는 안다. 땅은 사람 것이 아니라는 것을.

사람이 땅에 속한다는 것을.

모든 사물은 우리 몸을 연결하는 피처럼 서로 연결되어 있다.

사람이 인생의 직물을 짠 것이 아니다.

단지 이 직물의 한 가닥 실일 뿐이다.

사람이 이 직물에 무엇을 하든,

그것은 곧 자기 자신에게 하는 것이다.

갓난아기가 엄마의 심장 고동 소리를 사랑하듯,

우리는 이 땅을 사랑한다.

그러니 우리가 땅을 팔면, 우리가 했듯이 사랑해주라.

우리가 했듯 돌봐주라.

이 땅을 받았을 때처럼 땅에 대한 기억을 간직하라.

모든 아이들을 위해 땅을 보존하고 사랑해주라. 신이 우리를 사랑하듯.

우리가 땅의 일부이듯, 당신들도 이 땅의 일부다.

이 땅은 우리에게 소중하며, 당신들에게도 소중한 것이다.

우리는 안다. 신은 하나라는 것을.

빨간 사람이든 흰 사람이든 사람은 나눌 수 없다.

우리는 결국 모두 형제다.

두아미시 수쾨미지족 인디언 추장, '시애틀의 편지'(1887년) 중에서

빠빠라기

우리는 쓰고 남을 만큼 충분한 시간을
이미 가지고 있는데…

슬로 라이프를 지향하는 사람들에게《빠빠라기》는 가장 좋은 교과
서가 될 수 있다. 20세기 초, 사모아 근처 티아비아섬의 촌장인 투이아비가
처음 방문한 유럽에 대해서, 그리고 그곳에 사는 빠빠라기(문명인)에 관해
서 섬에 사는 자신의 동포들에게 들려준 이야기를 모아놓은 책이다. 투이
아비가 그린 빠빠라기의 모습은 선진국이라 불리는 나라에 사는 현대인의
자화상이라고 할 만하다. 빠빠라기들을 보면서 투이아비가 무엇보다도 놀
란 것은 그들의 배금주의와 시간에 대한 기묘한 태도다. 투이아비는 시간
의 관념에 붙들린 빠빠라기의 모습을 이렇게 그리고 있다.

빠빠라기는 시간에 대해 아주 호들갑을 떨며, 너무나도 어리석은 말들을
늘어놓는다. 그렇다고 해봐야, 해가 뜨고 해가 지는 이상 시간이 절대 더 있
을 리 없는데도 빠빠라기는 결코 그것만으로는 만족하지 못한다.

그리고 그들은 하늘을 향해 언제나 더 시간을 달라며 불평을 늘어놓는다. 투이아비를 당혹시킨 것은 빠빠라기가 시간을 시·분·초로 잘게 나누고 마침내는 그것을 산산조각 내어버린다는 점이다. 게다가 어른에서부터 아이에 이르기까지 모두 그렇게 잘게 나눈 시간을 재는 기계를 몸에 지니고 다닌다.

유럽에서는 시간적 여유가 있는 사람이 별로 없다. 어쩌면 전혀 없다고 해도 과언이 아니다. 그래서 사람들은 내던져진 돌처럼 평생 동안 바쁘게 산다. 거의 모든 사람이 걸을 때 바닥을 보고 다니며 될수록 빨리 걷기 위해 팔을 앞뒤로 힘껏 내젓는다. 누군가 잠시 붙잡으면 그들은 못마땅해서 소리친다. "왜 방해하는 거야? 난 시간이 없어. 시간이 있는 너나 그렇게 해."

투이아비는 유럽에서 딱 한 번 한가한 사람을 만난 적이 있다. 그 사람은 가난했고, 사람들에게 업신여김을 당했으며, 사람들은 그에게 항상 거리를 두고 가까이 오려고 하지 않았다. 투이아비는 오직 그 한 사람만이, 늘 불쾌한 얼굴로 무엇에 쒼 듯 앞으로 내달리기만 하는 다른 빠빠라기들과는 달리, 천천히 걷고 부드럽고 친밀감 있는 미소를 머금고 있었노라고 했다.

빠빠라기는 시간의 뒤를 필사적으로 쫓아가면서 "잠시 햇빛을 쬘 시간조차도 주지 않는다"고 투덜거린다. 투이아비는 말한다.

"내가 사는 사모아섬에서는 누구 하나 시간에 불만을 갖는다거나 시간을 뒤쫓아 내달리는 사람이 없다."

시간은 조용하고 평화로우며 고요함을 사랑하고 거적에 느긋하게 누워 쉬기를 좋아한다. 빠빠라기는 시간이 무엇인지 모른다. 그들은 그것을 이해하지 못하고, 그래서 거친 태도로 잘못 다룬다.

투이아비의 말처럼, 시간에 대한 빠빠라기의 태도는 일종의 광기라고 할 수밖에 없다. 그리고 그 광기는 투이아비가 연설을 한 지 80년이 지났음에도 흡사 전염병처럼 점점 더 무서운 속도로 세계를 뒤덮으려 하고 있다. 슬픈 일이지만, 오늘날 일본인들은 이미 중환자라고 해야 하지 않을까. 투이아비는 그러한 우리의 마음을 달래주고, 어떻게든 우리를 그러한 광기로부터 구해내고 싶어 한다.

우리는 저 불쌍하고 정신이 혼란스러운 빠빠라기들이 광란에서 벗어나 시간을 되찾을 수 있도록 해주어야 한다. 그러기 위해 그들이 갖고 있는 작고 둥근 시간 기계를 깨부수고, 인간이 필요로 하는 시간보다 훨씬 많은 시간이 해가 뜰 때부터 질 때까지 있다는 것을 알려주어야 한다.

깊이 알기
투이아비, 《빠빠라기》, 열린책들, 2009년

이어 읽기
생산한다-기다린다(53), 움직인다-머문다(151), 인디언 타임(154), 모모-시간(195)

움직인다-머문다

|

움직이면 움직일수록 함께 사는 일은
점점 더 멀어진다

독일의 문명 비평가이자 환경 운동가인 볼프강 작스 독일 그린피스 전의

장이자 '부퍼탈 기후 에너지 환경연구소' 선임연구원이다 - 편집자 주는 대부분의 현대인이 '속도

병'에 감염되어 있다고 한다. 어째서 이러한 병이 만연하는 것일까? 그것은

경제성장만을 우선하는 세계에 살고 있기 때문이다. 경제 세계에서는 가

속이 성장을 채찍질하고, 성장은 가속을 더욱 촉진시킨다.

실제로 일본 아이들은 일상적으로 '서둘러라', '빨리', '꾸물대지 말

고…'라는 말을 들으며 성장한다. 그들은 과연 태어나서 10년 동안 그런 말

들을 몇 번이나 듣게 될까. 최근에는 어른부터 아이까지 모두가 바쁜 듯하

다. 바쁘지 않은 사람에 대한 이미지는 오히려 좋지 않다. 바쁘지 않은 사람

은 남들이 필요로 하지 않는 사람, 인기 없는 사람, 있으나 없으나 마찬가지

인 사람이라는 이미지가 강하다. 아마도 그런 이유 때문인지 사람들은 바

쁘지 않은 자신의 모습을 두려워하는 듯하다. '바쁠 망忙'이라는 한자는 마

음이 없어진다는 의미인데, 이제는 오히려 바쁘지 않으면 마음을 잃어버리는 것처럼 여기는 듯하다.

미국의 예를 들어보자. 한 조사에 따르면 1990년대 미국인 근로자들은 1970년대에 비해 연평균 142시간을 더 일하고 있다. 한편, 미국인 부모가 아이들과 함께 노는 시간은 주당 평균 40분에 불과하다. 18세부터 64세의 노인에 이르기까지 옛날에 비해 자유로운 시간이 줄어들었다고 느끼는 사람은 45%에 이른다. 선진국 사람들의 시간을 더 절약해줄 것이라 기대했던 현대 과학기술이 오히려 사람들을 더 바쁘게 만들고 있는 셈이다.

일반적으로 '기동성'은 고도로 발전된 사회의 특징으로 높이 평가된다. 그것을 이면에서 떠받치고 있는 것이 세계의 '균질성'이다. 도시에서는 특히 어디에 살든 본질적인 차이가 없다. 이러한 고도의 기동성과 균질성이 전형적으로 나타나고 있는 곳이 미국 사회다. 또 그것은 다가올 세계화 사회의 모델이기도 하다.

미국 사회에서는 '바람직한 노인상'의 조건 가운데 하나로 자녀들이 고향과 부모 곁을 멀리 떠나 미국 각지나 해외에 떨어져 사는 모습을 꼽는다. 내가 방문했던 워싱턴 D. C.의 카페테리아에 매일같이 찾아오는 말끔한 차림새의 노인들은 어엿한 사회인으로 살아가는 자식들 자랑을 내게 자주 하곤 했다. 예를 들어 장남은 캘리포니아 실리콘밸리에서 컴퓨터 기술자로 일하고, 장녀는 석유 사업을 하는 사람과 결혼해서 텍사스에 살고, 차남은 MIT(메사추세츠 공과 대학)에서 공부하고 있으며, 차녀는 뉴욕 월

스트리트에서 일하고 있다는 식으로 말이다.

작스의 지적처럼, 우리의 시대는 '움직이는 일'에 매혹되어 있다. 그리고 더 빨리 움직이는 것만을 생각한다. 고도의 기동성이 마치 성공의 징표라도 되는 듯 말이다. 더 빨리 도착하고, 더 빨리 떠나는 데 노력을 집중하고 있는 사이, 우리는 '머무는 일'의 가치를 잊어버렸다. 우리가 지금 느끼고 있는 삶의 어려움은 아마도 이러한 문제와 깊은 연관이 있을 것이다. 그렇다면 '움직이는 기술'에만 밝은 현대인은 이제라도 '머무는 기술'을 되찾아야 하지 않을까?

'함께 사는 일' 또한 일종의 머무는 기술이자 지혜다. 움직이면 움직일수록 '함께 사는 일'은 점점 더 멀어진다. '함께 사는 일'이 인생의 본질적인 가치라고 생각하는 사람은 다시 한번 '머무는 일'을 배워볼 필요가 있다. 아니면 조금 더 천천히 움직이는 일을 배우기 바란다.

'머무는 일'은 시간이 걸린다. '함께 사는 일'은 더욱 시간이 걸리고 성가실지도 모른다. 하지만 그러한 시간이 없다면, 과연 인생을 살아볼 만하다고 할 수 있을까.

인디언 타임

|

중요한 건 시계가 아니라
상황과 형편에 따른 배려다

내가 죽은 모호크족의 장로인 월터 데비드의 무덤을 찾았을 때 일이다. 그의 양아들 존 쿠리가 마중을 나와주었다. 내가 묘지를 늦게 찾은 것에 대해 사과하자, 그는 J. R. 톨킨의 《반지의 제왕》 내용 중 한 구절을 들려주었다.

마법사가 지각한 데 대한 책망을 듣자 이렇게 말한다. "아니 아니, 우리 마법사들에게 지각이란 있을 수 없지. 언제든 우리가 도착한 때가 우리가 도착해야 할 시간인 거야."

그러면서 존은 이렇게 덧붙였다.

"우리 인디언들은 언제나 백인들에게 '늦었다'는 말을 들어왔습니다. 우리 입장에서 보면 '도착해야 할 때 도착했을 뿐'인데도 말이죠."

존의 말처럼 북미의 백인들은 원주민을 볼 때마다 항상 '멍청하고 굼뜬 인디언'이라고 욕했다. 그 때문인지 우리가 1999년에 '나무늘보 친구들'을 결성했을 때, 인디언 친구들은 그 소식을 듣고 일제히 대환영의 뜻을 보내주었다. 마침내 '멍청하고 굼뜬' 우리의 시대가 찾아온 셈이다. 쿠와쿠와카와구족의 글로리아 크랜머는 냉소적으로 이렇게 말했다.

"유럽인이 들어온 이후로 우리는 언제나 재촉당해왔다. 무엇을 위해 서둘러야 하는지 이해하지 못하는 우리를 향해 그들은 '그렇게만 하면 너희들은 모두 풍요로워질 수 있다'라고 말했다. 그러고 나서 무슨 일이 일어났는가? 자, 보라. 그토록 풍요로웠던 바다는 돈 많은 백인들이 바닥까지 훑어가버린 결과 황폐해지고 말았다. 그리고 우리마저도. '나무늘보 친구들'의 쿠와쿠와카와구족 지부가 오늘 밤, 내 집 거실에서 결성되었음을 선언하노라!"

블랙푸트족을 방문했던 때의 일이다. 그들 거류지의 선물 가게 안에는 다양한 인디언 물건이 있었는데, 그 가운데 특별히 내 눈길을 끈 것이 있었다. 그것은 기묘한 시계로, 긴 바늘과 짧은 바늘이 정확히 움직이고 있었지만, 숫자는 여기저기에 제멋대로 적혀 있었다. 왼쪽에 3이 있는가 하면, 아래쪽에 12가 붙어 있었다. 그리고 글자체와 글자 크기도 모두 제각각. 이 시계의 이름이 '인디언 타임'이라고 했다.

인디언 타임. 원주민들 사이에 흐르고 있는 시간이 언제나 북미 사회의 표준 시간보다 늦다는 점을 원주민 스스로 얼마쯤은 자조적으로 표현한 말이다. 원주민 마을을 방문해보면 하이다족에게는 하이다 타임, 호피족에게는 호피 타임, 아이누족에게는 아이누 타임이 있게 마련이어서 약속 시간에 한 시간 정도 늦는 것은 오히려 자연스러운 일로 여긴다.

'인디언 타임'이라는 말에서는 바보 취급을 당해온 그들이, 역으로 자신을 바보 취급해온 사람들을 향해 보내는 비웃음 같은 것이 느껴진다. 자신들에게 가해진 모욕적인 언사인 '굼뜨다', '느리다' 같은 이야기를 표면적으로는 받아들였지만, 속으로는 주류 사회의 기계적이면서도 융통성 없는 시간 감각에 야유를 보내고 있다는 느낌이 들었다.

내 친구인 모호크족의 엘렌 가브리엘은 이렇게 말한 바 있다.

"내가 좋아하는 호피족의 격언 가운데 이런 말이 있지. '인생에 있어 가장 긴 여행, 그것은 머리에서부터 마음에 이르는 여행이다.' 머리만으로 생각하는 빠르고 경박한 사고를 전통문화는 높이 평가하지 않았지. 중요한 것은 충분한 학습 과정이야. 예를 들어 예의라든가 관습이라든가 생활 기술을 익히는 방식은 멀리 돌아가고 시간이 걸리고 비효율적인 것처럼 보이지만, 결국 수백 년, 수천 년 동안 문화가 생생히 이어져온 것은 그러한 학습 방법 덕분이었다고 생각하네. 거기서는 느림이 바로 키워드인 셈이지."

이어 읽기
근면-게으름(30), 원주민 달력(136), 빠빠라기(148), 움직인다-머문다(151), 모모-시간(195)

신체 시간

왜 그렇게 서두르지?
그래봐야 빨리 죽는 것밖에 더 없는데…

시간은 이 세계의 어디서든 언제든 일정하고 균질하다고 우리는 믿고 있다. 하지만 이러한 상식과는 달리 코끼리에게는 코끼리의 시간, 개에게는 개의 시간, 쥐에게는 쥐의 시간이라는 식으로 몸의 크기에 따라서 서로 다른 신체 시간이 있다고 동물 생리학자인 모토카와 다쓰오本川達雄는 지적한다. 동물의 심장박동 시간을 비교해보면, 인간은 한 번에 1초가 걸리는 데 비해 생쥐는 0.1초, 코끼리는 3초가 걸린다. 몸이 클수록 심장은 느리게 뛴다. 포유류의 심장박동 시간은 체중의 4분의 1제곱에 비례(체중이 10배라면 시간은 약 2배가 걸린다)한다.

심장 박동 시간뿐 아니라 장의 연동 시간이라든가 체액이 몸속을 순환하는 시간 등도 거의 체중의 4분의 1제곱에 비례한다. 그뿐 아니다. 어른 몸집으로 크는 데 걸리는 시간에서부터 어미의 태내에 머무는 시간, 그리고 평균수명까지도 거의 동일한 관계에 놓여 있다고 한다.

하지만 동물의 크기와 그 에너지 소비의 관계는 어떤가 하면, 에너지 소비량은 체중의 4분의 1제곱에 반비례한다. 체중에 대해서 같은 4분의 1제곱이지만, 시간은 정비례하고 에너지 소비는 반비례한다. 따라서 이두 가지를 곱하면, 체중에 관계없이 일정한 시간마다 거의 동일한 에너지 소비량이 산출될 것이다. 즉, 일생 동안 쓰는 에너지양은 체중 1킬로그램당 수명의 길이와 상관없이 일정하다.

모토카와에 따르면, 에너지를 쓰면 쓸수록 시간은 빨리 흘러간다. 즉, 쥐는 에너지를 많이 사용하고 시간도 빠르게 흐른다. 한편 코끼리의 경우는 에너지를 적게 사용하고 시간도 천천히 흐른다. 그렇다면 인간의 경우는 어떠할까? 현대인은 점점 더 막대한 에너지를 소비하며 시간의 속도를 가속화하고 있다. 물론 동물의 생물학적인 시간과 에너지 소비를 인간의 사회생활에 단순 적용하는 것은 무리다. 무리라고 치자. 그렇다고 해도 사회생활이 점점 바빠진다는 것, 시간이 가속화되고 있다는 것은 몸으로 마음으로 충분히 느끼고 있지 않은가.

현대 일본인은 사람이라는 동물이 살아가는 데 필요한 음식물로 섭취하는 에너지의 약 40배에 이르는 에너지를 소비한다고 한다. 만일 생물학적 시간과 마찬가지로 사회적 시간도 에너지 소비량에 비례해서 빨라진다고 한다면, 우리는 옛날에 비해 무려 40배나 더 빨리 생활하고 있는 셈이다.

신체 자체는 고대 때부터 변하지 않은 시간을 살고 있지만, 사회적 존재로서의 생활 속도는 이토록 빨라졌다. 이러한 간극 속에 현대사회의 위기가 집약적으로 표현되어 있다.

우리의 점점 더 빨라지는 생활은 물과 공기를 더욱 오염시키고, 오존층에 구멍을 내고, 지구온난화를 가속시키고, 생태계를 파괴하고 있다. 그뿐 아니다. 외적인 자연환경의 악화는 말할 것도 없고, 예전의 느린 시간을 살고자 하는 (내부의) 자신 또한 질주하는 사회적 시간에 짓눌려 질식해 가고 있는 것이다. 느림의 회복, 그것은 우리의 생존과도 직결된 문제다.

깊이 알기
모토카와 다쓰오, 《시간으로 보는 생물 이야기》, 사계절, 1993년

이어 읽기
생산한다-기다린다(53), 엘리펀티즘(161), 모모-시간(195), 슬로 섹스-슬로 보디(283)

배꼽시계로는 코코넛 주스를 먹을 시간

에콰도르 오르메드 마을

엘리펀티즘

멋지다, 코끼리! 자기도 살고 생태계도 살린다

9·11 테러와 그에 따른 연쇄 폭력으로 인해 새로운 세기를 맞이한 세계는 살벌한 공기로 뒤덮여 있었다. 9·11 테러를 바로 눈앞에서 겪은, 당시 뉴욕에 거주하고 있던 음악가 류이치 사카모토는 그 후 인류의 발상지라 일컬어지는 동아프리카를 방문해 공격적이고 파괴적인 인간의 모습을 다시금 돌아볼 기회를 가졌다. 그곳에서 그가 주목한 것은 바로 코끼리였다. 그리고 코끼리의 생태를 통해 인간의 모습을 다시 생각하는 '엘리펀티즘'에 다다르게 되었다.

코끼리들 간의 커뮤니케이션을 연구하는 조이스 풀은 류이치 사카모토에게 다음과 같은 이야기를 들려주었다고 한다.

코끼리는 놀라울 정도의 팀 플레이어다. 코끼리는 일종의 모계사회를 형성하고 있다고 알려져 있는데, 어미 코끼리의 강력한 리더십을 독재적이라고 오해하는 경우가 많다. 그러나 실제로는 오랜 교섭과 논의를 통한 합의 과정을 거치는 것이 코끼리 사회의 특징이다. 젊은 코끼리도 적극적으로 의견을 제안하며, 의견이 서로 나뉘게 되면 타협을 하고, 상당히 복잡한 과정의 의사소통을 하면서 어미 코끼리가 중심이 되어 사안을 결정한다. 코끼리에게도 공격적인 성향은 있지만, 영장류와는 달리 시간과 장소를 가리고 제어가 가능한 것이 특징이다.

마찬가지로 아프리카에서 야생 코끼리를 연구·조사하고 있는 나카무라 가와아키中村川秋는 코끼리의 '커다란 물웅덩이 만들기'라는 행동을 특히 주목하고 있다.

건조 지대에 있는 물웅덩이는 생태계 균형에 대단히 중요한 역할을 맡고 있는데, 그러한 물웅덩이 대부분을 만드는 것이 바로 코끼리다. 코끼리는 우기에서 건기로 옮겨가는 이동기에 저절로 생긴 작은 물웅덩이를 긴 엄니 크고 날카롭게 발달한 포유류의 이빨. 코끼리의 엄니는 앞니가 발달한 것이다-역주와 앞발을 이용해 흙을 파거나 발로 차거나 해서 더욱 커다란 물웅덩이로 만들어나간다. 이 웅덩이는 코끼리 자신에게도 중요하지만, 결과적으로는 이로 인해 그 주변에 작은 생태계가 만들어진다.

물웅덩이 주변에는 식물이 무성하게 자라나고 동물이 그것들을 먹는다. 커다란 웅덩이가 생긴 지 2~3년이 지나면 그곳은 점차 나지화裸地化된다. 그렇게 되면 코끼리를 비롯한 동물은 점차 그곳을 이용하지 않고 다른 물웅덩이를 찾는다. 그러면서 물웅덩이는 3년 정도에 걸쳐 점차 축소되고, 그곳에는 이전에 있던 식물이 무성하게 자란다. 코끼리는 물웅덩이를 만들며 이러한 생태계 순환에 관여하고 있는 것이다.

동물 생태학은 온대 우림의 곰, 열대 우림의 나무늘보도 코끼리처럼 자신들이 살아가야 하는 생태계를 지키는 데 중요한 역할을 맡고 있음을 밝혀냈다. 하지만 우리 현대인의 삶을 보자. 눈앞의 이익이나 쾌적함을 위해 자신의 생존 기반인 생태계를 파괴하고 있다. 정말이지 우리가 동물에게 배워야 할 것이 너무 많다.

엘리펀티즘이란 오랜 진화의 역사 속에서 터득한 코끼리의 지혜를 빌리면서, 생태계라는 생명 커뮤니티의 한 구성원으로 후세에 모든 호모 사피엔스가 여기에 어울리는 느긋하고 온화한 삶의 방식을 다시 배워나가자고 하는 호소다.

이어 읽기
지구온난화-멸종(105), 신체 시간(157), 나무늘보(305)

느림의 철학자들
류이치 사카모토龍一坂本
1952년 도쿄 출생. 음악가. 1987년 영화 〈마지막 황제〉의 음악을 맡아 아카데미 음악상을 받았으며, 최근에는 활발한 음악 활동 외에도 지뢰 사용 금지를 위한 '제로 랜드마인' 프로젝트 활동에 참여하는 등 사회 운동과 환경 운동에도 깊이 관여하고 있다. 9·11 테러 이후 논문집 《비전非戰》, 지역 통화에 관한 책 《에덴의 경종》 등을 출판했다.

비폭력

|

인간 중심의 사고야말로 폭력적이다

새로운 세기는 테러와 전쟁이라는 연쇄폭력으로 시작됐다. 경제학자 E. F. 슈마허는 40년도 더 전에 오늘날 진행되는 '대테러 전쟁'을 예언이라도 하듯 이렇게 말한 바 있다.

"무시무시한 기계나 병기를 생산하는 것을 인간이 지닌 창조성을 활용하는 것이라고 여기는 한, 테러 행위를 억제하려고 해도 아무런 소용이 없다."

슈마허는 "생산 양식이나 소비 양식이 우주의 법칙에 맞지 않을 만큼 규모가 커지고 복잡해지고 폭력적이 되면, 환경문제 해결책은 있을 수 없다"라고도 말한다. 또 "물건은 좀 부족한 것이 낫고, 너무 많으면 도리어 악이 된다고 하는 생각이 퍼져나가지 않는다면 부자와 가난한 자 사이의 격차 또한 메울 수 없을 것"이라고 말한다.

슈마허에 따르면, 문제를 해결하기 위해서 수단을 바꾸거나 연마하는 것은 소용이 없다. 목적 그 자체가 바뀌어야 한다. 원하는 것을 위해서라면 어떠한 수단도 가리지 않겠다고 하는 경제 지상주의를 버려야 한다.

반다나 시바는 말한다.

"9·11 테러와 그 이후의 연쇄적인 폭력은 결코 특정 지역에서 일어난 개별적인 사건들이 아니라 이 세계를 지배하는 근대적인 시스템의 폭력성이 낳은 현상이며, 이는 빙산의 일각에 불과하다."

그녀는 다음과 같은 예를 들었다.

"군수산업이 점점 더 중요한 산업으로 여겨지고 있으며, 군사적인 기술이 평화 시에도 산업의 기본이 되어가고 있다. 종자 산업이나 농약 산업을 이끄는 대기업은 동시에 생화학 병기를 만들어낸다. 본래 초식동물인 소에게 생산성과 효율성을 높이기 위해 소의 뼈나 고기를 먹이는 것은 대단히 폭력적이다. 이라크에 대한 경제 제재로 10년 동안 50만 명 이상의 어린이가 사망했다. 그리고 지금 그러한 제재를 주도한 미국 정부는 "일반 시민 사상자들은 비교적 적다"며 전쟁을 성공리에 마쳤다고 자랑한다. 세계화 체제는 자유무역이라는 미명 아래 굶주리는 사람을 위한 국가의 식량 공급 보장조차 금하고 있다. 제약 산업의 거대한 권익을 지키기 위해서 질병으로 괴로워하는 사람들에게 약을 주지 않는다. 이러한 모든 것이 바로 폭력이 아니고 무엇이란 말인가."

환경 파괴 또한 폭력이다. 인간이 자연의 시간을 경제의 시간에 억지로 끼워 맞춤으로써 생태계의 존립 자체를 위협하는 행위다. 생물에게는 고유한 시간이 있다. 그것을 인간이 빼앗고 단축시키는 폭력을 휘두를 때,

생물은 혼란을 겪고 불안정해지며, 쇠퇴하고 폭력적으로 변한다.

9·11 테러 직후, 반다나 시바는 가축에 대한 인간의 폭력은 인간에 대한 인간의 테러 행위와도 밀접한 관련이 있다고 지적했다. 좁은 장소에 가두어 인공적인 시간에 맞춰 기른 닭이나 돼지는 사나워져 서로를 공격하게 된다. 이를 방지하기 위해 닭의 부리를 제거하거나 돼지 이빨을 뽑아버리는 일도 적지 않다. 그녀는 묻는다. 인간 역시 인간에 대해 그렇게 하고 있는 것 아니냐고. 어울려 살아가는 닭이나 돼지에게는 그들 본래의 시간과 공간을 부여해야 한다. 사람에게도 사람답게 살아갈 수 있는 환경을 만들어주어야 한다. 폭력은 또 다른 폭력밖에는 낳지 못한다.

이제 반다나 시바와 함께 '생명의 민주주의'를 구상해보자. 이제까지의 민주주의는 지극히 인간 중심적이고, 자연을 수단으로밖에는 생각하지 않는 공리주의에 발목 잡혀 있었다. 우리는 인간으로 구성된 커뮤니티의 일원일 뿐 아니라, 모든 생명체가 함께 살아가는 공동체의 일원이기도 하다. 이러한 공동체의 일원으로 살아가기 위한 규칙인 '생명의 민주주의'를 배우지 않으면 안 된다. 이것이야말로 비폭력으로 나아갈 수 있는 길인 것이다.

깊이 알기

마하트마 간디, 《간디자서전-나의 진리실험 이야기》, 한길사, 2002년

이어 읽기

개발(96), 생명 지역(109), 유전자 조작-딥 에콜로지(142),

민주주의-슬로 폴리틱스(168), 전쟁(172)

느림의 철학자들

마하트마 간디Mohandas Karamchand Gandhi

1869년 인도 출생. 인도 독립의 아버지라 불린다. 변호사로 부임한 남아프리카에서

민족 차별을 겪으며, 차별 철폐 운동 지도자가 된다. 귀국 후 인도의 진정한 독립과 자립을 이룬 풍요로운

농촌 사회 건설을 목표로 물레를 상징으로 삼아 투쟁을 펼쳐나갔다.

1948년 암살되었다. 《간디 자립의 사상》, 《간디 자서전》, 《나의 비폭력》 등의 책을 남겼다.

민주주의-슬로 폴리틱스

|

속전속결은 민주주의가 아니다

민주주의Democracy는 민중을 뜻하는 그리스어 'Demos'와, 힘을 뜻하는 'Kratia'가 더해진 말로 '민중에게 힘이 있다'는 뜻이다. 공동체의 생활양식을 그 공동체의 구성원인 민중 스스로 생각하고 논의하고 결정할 수 있다는 의미다.

그러나 정치학자 더글러스 러미스에 따르면 지금 민주주의국가, 선진국이라 불리는 나라의 민중 대다수가 무력감에 휩싸여 있다고 한다. 세상은 환경 파괴나 부정, 폭력 등으로 가득 차 있다. 누구나 이상하다고 여길 만한 것들이 버젓이 통용되고 있는데도 사람들은 '어쩔 수 없는 일'이라고 생각하며 이를 숙명처럼 받아들인다. 그리고 그렇게 체념하는 데 길들여져 있다. 민주주의국가에 사는 사람들이 이렇게 무력감을 느끼는 것은 커다란 모순이라고 러미스는 지적한다.

이러한 무력감은 어디에서 오는 것일까? 러미스에 따르면 국가는

3개의 신체를 가지고 있다. 우리가 민주주의라고 할 때 보통 연상하는 것은, 그중 하나인 정치적 신체에 있어서의 극히 한정된 의미의 민주주의에 불과하다. 국가의 다른 두 신체인 군사적 신체와 경제적 신체의 경우 우리는 상당히 비민주적인 것도 당연하게 받아들인다. 그것이 경제, 군사와 관련된 일이면 우리는 '어쩔 수 없다'고 생각해버린다.

군대가 적에 대해 민주적이지 않은 것은 어쩔 수 없는 일이라 치자. 그러나 아군에 대해서도 반민주적이며 독재적인 조직이라는 사실은 어떻게 생각하는가?

국가의 신체 중 하나인 경제 활동 분야에서도 그 중심을 이루는 회사 조직은 기본적으로 군대 조직을 본떠 만든 것이어서 반민주적 색채를 강하게 띤다. 회사도 군대와 마찬가지로 근무시간만큼은 민주주의도, 자유도, 평등도 없는 것을 모두 당연하게 여긴다. 조직의 내부뿐 아니다. 이윤을 최우선시하는 가혹한 경제 경쟁에 있어서는 반민주적인 것을 도리어 칭송하기조차 한다.

그렇다면 유일하게 민주주의가 통용돼야 할 국가의 정치적 신체는 어떠할까? 우리가 민주주의라는 말에서 보통 연상하는 것은 선거 투표권이다. 그러나 거기에서도 민주주의라는 말이 본래 지녔어야 할 논의나 결정에 대한 직접적인 참가라는 의미는 풍화되어버리고, 어느새 '남에게 맡기는 일'이 되어버린 듯하다.

내가 환경 운동을 위해 찾아가는 에콰도르의 코타카치 지역에서는 보기 드물게 참여형의 직접 민주주의가 행해지고 있다. 이곳에서는 매년 9

월에 민중 의회 총회를 개최하는 한편, 환경·건강·교육 등 16개 위원회를 구성해서 희망자는 직접 그곳에 참여해 활동한다. 아이들도 분회를 만들어서 활동하고, 총회에서는 어른과 마찬가지로 한 표를 행사할 수 있다. 선거에 의한 대표제 의회는 민중 의회가 등장하고 나서 더 공명해지고 민주적이 되었다. 정치에 대해 무력하고 의존적이었던 일반 시민, 특히 오랜 시간 차별을 받아온 키추아족 원주민은 정치가 자기 자신을 위한 주체적인 행동임을 이해하게 되었다.

만일 우리가 코타카치 사람들처럼 정치적 과정에 적극적으로 참여해 자신이 속한 공동체의 여러 양식을 스스로 결정해나가고 싶다고 생각한다 치자. 어쩌면 우리에게는 그럴 만한 짬이나 여유가 없을지도 모른다. 요컨대 우리가 정치에 대해 느끼는 무력감의 원인 중 하나는 우리가 너무 바쁘다는 데 있는 것은 아닐까. 러미스의 지적처럼 '짬이 없으면 민주주의도 이루지 못한다'. 사람들이 모여서 이야기를 하고, 한 사람 한 사람의 의견에 귀를 기울이고, 소수 의견도 존중하면서 서로 합의를 이끌어내고, 그것을 실행에 옮기기 위한 체제를 정비하고, 준비 기간을 거쳐 실행에 나선다. 이는 매우 느릿느릿한, 보기에 따라서는 비효율적인 프로세스다.

이른바 선진국의 바쁜 사람들이 민주주의를 마치 자신들의 전매특허인 양 여기는 것은 일종의 아이러니다. 과거 아메리카 원주민에게는 둥글게 둘러앉아서 며칠에 걸쳐 사안을 논의하고 신중하게 결정하는 장치가 마련되어 있었다. 심지어 7세대 전에 살았던 사람들의 예까지도 고려해가며 말이다. 지금도 태평양 연안의 여러 섬에서는 회의장에 베개를 가지고 가서 그곳에 머물며 적당히 휴식을 취해가면서 언제까지고 계속되는 논의에 참여하는 관습이 있다고 한다. 그리고 이때 만일 본인이 잠든 사이에 어떤 문제가 의결된 경우에는 자기 책임이라 여긴다. 아이누족에게도 '차란케'라고 해서, 의견 대립을 끝까지 합의에 의해 평화적으로 해결해가는 과정이 중시되고 있다. 민주주의와는 아무런 인연이 없을 듯한 에도시대 에도 江戶는 도쿄의 옛 이름으로, 도쿠가와 이에야스德川家康가 에도에 막부를 세워 통치하던 1603~1867년 사이의 시대를 말한다-역주에도 마을마다 일정한 집회가 있었고, 이곳에서의 논의를 통해 의사 결정을 하고 나름대로 유연하게 합의를 이끌어내는 관습이 있었다고 한다.

민주주의의 기본은 이처럼 다양한 전통 사회 속에서 오랜 시간에 걸쳐 배양돼온 성숙한 정치 과정, 즉 '슬로 폴리틱스'에 있는 것이라고 생각한다.

우리 사회에서는 보통 그럴 여유가 있으면 돈벌이나 다른 경제 활동에 나서야 한다고 여긴다. 하지만 곰곰이 생각해보자. 자신과 자기 자손이 살아가야 할 이 사회를 더 나은 곳으로 만들어 가는 정치에 어째서 우리는 시간을 좀 더 할애하지 않는 것일까. 우리에게는 정치에 참여하기 위해 필요한 시간을 확보할 권리와 의무가 있다. 이를 위해 경제나 군사를 게을리할 용기를 지니는 것도 나쁘지 않다. 본래 민주주의란 느린 장치이니 말이다.

이어 읽기
비폭력(164), 에도(209), 페어 트레이드(270)

전쟁

|

낭비 애국주의의 결정판!

2001년에 일어난 9·11 테러는 전 세계를 경악시켰다. 우리는 그 사건이 세계 최대 경제 대국인 미국의 경제에도 커다란 타격을 입혔다고 생각하기 쉽다. 하지만 잠시 생각해보자. 실은 그때까지 경기가 후퇴하고 있던 미국은 테러 후 10~12월 사이 GDP가 0.2% 증가하며 마이너스 성장에서 플러스 성장세로 돌아섰다. 이러한 수치를 상무성이 발표하기에 앞서, 부시 대통령은 일반교서 연설에서 군사·테러 대책 예산의 대폭적인 증가 방침을 내놓았다. 자유와 안전에는 비용이 들게 마련이며, 여기에 지나침이란 없다고 말이다. 특히 생물 테러, 긴급 대응, 공항·국경 경비, 정보 수집의 네 분야에 걸친 '본토 방위에 드는 예산'은 배 이상 늘리겠다고 공언했다.

TV를 통해 이 연설 장면을 보고 있던 실리콘밸리의 한 기업 중진이 자신도 모르게 주먹을 불끈 쥐고 환호성을 내질렀다는 얘기가 신문에 기사화되었다. 9·11 테러 이전 경기 침체로 부진을 면치 못하던 군수·하이테크 산업은 '테러 특수'로 완전히 힘을 얻었다고 한다. 에너지업계도 마찬가지다. 부시는 국내 에너지 생산을 증대하고 외국에 대한 석유 의존도를 낮춰나갈 필요성이 있다고 말했다. 경영 파탄에 직면했던 에너지 공급사인 엔크론과 부시 정권의 유착이 정치 문제화된 것도 이 무렵의 일이다.

방위비나 에너지 생산 증대 방침은 9·11 테러 이후 불거져나온 것이 아니라, 정권 발족 이전부터 내세워온 부시의 노선이다. 부시는 경기 회복과 경제성장이라는 국익을 우선하기 위해 지구온난화 방지를 위한 교토 의정서에서 이탈하고, 향후 20년 동안 쉬지 않고 발전소를 짓겠다고 주장하며 알래스카의 자연보호 구역 내에서 석유 개발에 매진하겠다고 했다. 정권과 석유업계의 유착은 공공연한 비밀이었다. 당초 거센 역풍을 맞으며 주춤대고 있던 부시의 노선은 역설적이게도 9·11 테러의 '국위 선양' 덕분에 높은 지지율과 함께 힘을 얻었다. 우리는 9·11 테러 이후의 이러한 상황을 유심히 지켜보아야 한다.

60년 전 전쟁에서 미국인은 검약을 미덕으로 여겼다. 하지만 지금의 전쟁에서 대통령은 국민을 향해 거리로 나가 물건을 사라고 독려한다. 애국자는 곧 좋은 소비자라고 부추기면서 말이다. 제너럴 모터스사는 이렇게 선언한다. "아메리칸 드림을 지키기 위해 GM은 제로 금리 세일을 단행합니다." 여기서 욕망과 필요를 구별하는 사람은 더 이상 찾기 힘들다 (그런 사람이 있다면 아마도 시대에 뒤떨어진 보수주의자거나 과격한 환경 운동가일 것이다). 여기서 욕망이란 곧 필요이며, 양자는 서로 발걸음을 맞춰 영원히 성장할 것이라 여겨진다.

실제로 이 '낭비 애국주의'는 보람찬 결과를 드러냈다. GDP 0.2% 증가는 모든 것을 정당화한다. 목적이 수단을 정당화한다는 논리에 따라 전쟁도, 환경 파괴도 경제성장이라는 목적에 봉사하는 한 이 모두는 선이자 정의인 것이다.

깊이 알기

노암 촘스키, 《패권인가 생존인가-미국은 지금 어디로 가는가》, 까치, 2004년

이어 읽기

GDP(88), 개발(96), 비폭력(164)

느림의 철학자들

노암 촘스키 Noam Chomsky

1928년 미국 펜실베이니아 출생. 언어학자. 1950년대 후반 변형 생성 문법 이론으로 언어학계에 혁명을 일으켰다. 미국 사회의 가장 첨예한 비판자로 평론 활동을 전개하고 있는 작가이자 실천 정치가이기도 하다. 지은 책으로 《해적과 제왕-국제 테러리즘의 역사와 실체》, 《노암 촘스키의 미디어 컨트롤》, 《불량 국가-미국의 세계 지배와 힘의 논리》, 《촘스키, 9·11》, 《숙명의 트라이앵글》 등이 있다.

진보

|

위험을 알면서도 멈추지 못한
타이타닉호의 운명을 생각해 보기

《경제성장이 안되면 우리는 풍요롭지 못할 것인가》라는 책에서 더 글러스 러미스는 21세기가 시작된 지금도 여전히 경제 지상주의 아래서 소비 동향에 따라 일희일비하는 우리의 모습을 타이타닉호의 승무원에 비유하고 있다. 우리는 빙산을 향해 돌진해 가는 배 안에 있고, 결국 빙산에 부딪힐 것을 알면서도 그것이 '현실'이라는 것을 도무지 파악하지 못한다. "빙산에 부딪힌다!"고 외치는 사람이 있는가 하면, 또 "그 소리야?"라고 비웃음을 날리며 엔진을 멈추라고 말하는 사람을 오히려 비상식이고 비현실적이라고 몰아붙이는 사람도 있다. 어째서 엔진을 멈출 수 없느냐고 물으면, "타이타닉이라는 배는 앞으로 나아가도록 되어 있으며, 앞으로 나아가지 않으면 모든 사람의 일거리가 없어질 뿐 아니라, 어찌해야 좋을지도 알 수 없다"라고 말한다. 앞으로 나아가는 것만이 '타이타닉의 본질'이라는 것이다.

어쨌거나 앞으로 나아갈 수밖에 없다고 하는 이 '타이타닉 현실주의'가 사실 전 세계에서 정치·경제의 키잡이 역할을 하고 있다.

앞으로 나아갈 수밖에 없다고 하는 '진화주의'는 하나의 종교적 광신이라고 해도 좋다. 이 때문에 매년 2만5000여 종의 생물이 멸종하고 있다. 멸종으로 인한 생태계의 공백을 메우기 위해 걸리는 생태 진화의 시간은 적어도 500만 년에 이른다고 한다. 이토록 아득하게 느껴질 정도의 '느림'이 바로 진화의 본질이다. 우리는 문명의 짧은 역사를 가리켜 '진화'라는 이 의미심장한 말을 너무 가볍게 쓰고 있는 것은 아닌지.

그러한 의미에서 '진보'는 실로 위험한 말이다. 인간은 자신의 행동 결과를 예측할 수 있는 능력을 지닌 존재다. 하지만 20세기의 과학기술 역사를 돌아보면, 새로운 기술의 발명이 어떠한 결과를 초래하는가에 대해서 우리는 너무도 허술한 예측 능력밖에는 지니지 못한 것이 분명하다. 전통 사회의 생활 기술은 수백 년 혹은 수천 년이라는 아주 오랜 시간 시행착오를 거치면서 유장하고도 진중하게 연마해온 것이다. 농사의 채종·선별·품종 개량 과정 역시 마찬가지다. 그러한 느림은 바로 문화의 본질에 뿌리내린 '느림'이라고 할 수 있다.

우리는 다시 한번 그곳으로 되돌아가서 '앞으로 나아간다'는 일의 진정한 의미를 곰곰이 되짚어 볼 필요가 있는 것은 아닐까?

이어 읽기
농업-농사(58), 지구온난화-멸종(164), 자동차(231), 테크놀로지-아트(236)

남북문제

|

'남'의 눈에 눈물 나게 하면
'북'의 눈에서는 피눈물 난다

느림에 관해 생각하는 일은 남북문제 적도를 기준으로 대략 지구의 북반구에 집중된 선진 공업국과 남반구에 걸쳐 있는 개발도상국 간의 경제적 격차와 그에 따라 생기는 모든 문제를 말한다-역주에 관해 생각해보는 일이기도 하다. '북'의 고속高速 생활은 '남'의 희생 위에 이루어졌다고 할 수 있다. 이를 수치를 통해 한번 알아보자. 전 세계 인구 20%가 80%의 자연 자원을 소비하고, GDP의 86%, 이산화탄소 배출의 75%, 전화 회선의 74%를 점하고 있다. 특히 세계 인구의 5%를 차지하는 미국은 세계 자동차의 32%를 소유하고 있고, 이산화탄소의 22%를 배출하며, 전 세계에서 수확되는 옥수수의 4분의 1을 가축 사료로 소비하고 있다. 1940년까지 인류가 사용한 것과 동일한 양의 광물 자원을 미국인이 지난 60년 동안 소비했다. 미국인 일인당 방글라데시인 168명 분에 해당하는 에너지를 소비하고 있다. 지구 상의 인간 모두가 북미인의 라이프스타일을 실현하기 위해서는 지구 4개가 필요하다고 한다.

'더 빨리, 더 많이'의 현실 사회가 낳은 이토록 그로테스크한 격차를 보라. 국제 평화라든가 정의·평등·민주주의 등을 말하는 사람은 '슬로다운' 즉 '느리게, 적게'의 생활 방식에 관해서 이제 슬슬 심각하게 고려해 볼 때가 되지 않았을까. 다다 미치타로는 《태만의 사상》에서 에도시대의 우스갯소리 가운데 이런 이야기를 소개하고 있다.

노인: 젊음이란 게 뭐겠어. 벌떡 일어나서 얼른 일을 하라구!

젊은이: 일을 하면 어찌 되나요?

노인: 일을 하면 돈을 벌 수 있지!

젊은이: 돈을 벌면 어찌 되나요?

노인: 부자가 되지!

젊은이: 부자가 되면 어찌 되는데요?

노인: 부자가 되면 놀면서 지낼 수 있지!

젊은이: 저는 벌써 놀면서 지내는걸요!

에도시대 노인과 젊은이의 이 대화는 북반구의 선진국 엘리트들과 남반구의 개발도상국 국민들 사이의 발전을 둘러싼 대화에 그대로 적용해 볼 수 있다. 실제로 나는 환경 운동을 하기 위해 방문하는 남미에서도 이와 아주 비슷한 이야기를 들은 적이 있다.

물론 '네, 저는 벌써 놀면서 지내는걸요. 그러니 날 그냥 좀 내버려 둬요' 하는 식의 넉살 좋은 태도는 20세기 끄트머리에 이르면서 점점 더 압

박을 받게 되어 그 숨통마저 죄여지는 듯 보였다. 그러나 같은 시기, 세계화의 가속화된 침투에 대해서 과거에 없던 대규모적인 반동이 세계 곳곳에서 나타나기 시작한 것 또한 사실이다. 그 중 하나가 1998년 말 WTO에 항의하기 위해 일어난 '시애틀 데모'다.

전 세계에 서구화와 근대화의 물결이 밀려드는 것과 동시에 이질적인 문명이 이른바 비경秘境으로 새롭게 주목받는 재미난 현상도 일어나고 있다. 다다는 이런 말도 덧붙였다. "그러한 이질 문명에 의해서 선진국의 문명이 오히려 감화되고 문화 쇼크를 불러일으킬 것"이라고.

《빠빠라기》에서 투이아비는 이렇게 말한다.

"배불리 먹고, 머리 위에 지붕을 지니고, 마을 광장에서 축제를 즐기기 위해서 신은 우리에게 일하라고 말씀하신다. 그런데 어째서 그 이상 더 일해야 하는 것일까?"

빠빠라기는 여기에 대해 정직하게 대답하지도 않고, 자신의 의견을 말해주지도 않는다. 투이아비의 이러한 물음에 정직하게 답하는 것은 분명 쉬운 일이 아니다. 에도시대의 우스갯소리에 나오는 젊은이의 물음에 대해서도, 또 '남쪽' 사람들의 물음에 대해서도 우리 빠빠라기들은 여전히 대답하지 못하고 있다.

이어 읽기
반세계화(42), 새로운 빈곤(100), 빠빠라기(148)

환경 파괴가 슬럼을 만든다.

-

에콰도르 에스메랄다스

분발하지 않기-장애인

|

뒤처진 것이란 없다

21세기에 들어서도 "앞이 보이지 않는다"라는 말이 곳곳에서 끊임 없이 들린다. 특히 일본의 정치 세계를 들여다보면 21세기 비전이라 할 만한 것을 전혀 찾아볼 수 없다. 그러한 가운데 2001년 초 이와테현의 마스다 히로야 지사는 '분발하지 않기 선언'을 발표했다. 그는 이렇게 말한다.

"경제적인 이익에 편중하고, 그것을 화폐로 환산해 가치를 따지고, 효율성만을 추구해온 덕분에 일본은 경제 대국이 되었다. 그러나 반면, 자연을 파괴하고, 귀중한 지구 자원을 낭비하고, 지역의 자립을 해쳤다. 20세기적인 '개발, 대규모, 집중'과 같은 가치관을 되돌아보아야만 한다. 그래서 이와테현은 '시간, 여유, 안정, 자연 환경' 등 이제까지는 그다지 높이 평가 받지 못했던 것들을 제대로 평가하는 일부터 시작하겠다."

이는 척도를 바꾸는 일이다. 이제까지 '뒤처져 있다'고 여겨진 도호쿠 지방은, 새로운 척도로 말한다면 '일본 고유의 아름다운 모습을 간직한,

무한한 가능성을 지닌 땅'으로 변모하게 될 것이다.

마스다 지사에 따르면 '분발하지 않기'란 이제까지와 같이 도쿄나 뉴욕 등의 척도에 비추어서 '없는 것'을 애석해하고 그것을 얻기 위해 다른 지역과 경쟁을 벌이는 것이 아니라, '있는 것'을 재발견함으로써 각각의 지역에 맞는 개성과 특성, 각자의 페이스에 맞춘 발전의 길을 열어가겠다는 것이다.

개개인에 대해서도 같은 이야기를 할 수 있지 않을까? 개인적 차원에서 '분발하지 않기'란 각자의 개성과 특성, 페이스에 맞춘 삶의 방식으로 살아가는 것을 뜻한다. 이를 신체장애자의 관점에서 생각해보면 좀 더 이해하기 쉽다.

우리의 친구인 후쿠다 미노루는 늘 이렇게 말한다. "장애자라고 해서 어째서 분발하지 않으면 안 된다는 거지?" 뇌성마비인 그는 자신을 '우주진宇宙塵'이라 부른다. 자신은 우주의 먼지, 즉 어엿한 한 사람의 인간이라는 뜻인데, 이는 시인이기도 한 그 나름의 시적 표현이라고 할 수 있다. 그의 '분발하지 않는다는 건'이라는 시를 살펴보자.

분발하지 않는다는 건, 즐겁다.

분발하지 않는다는 건, 유쾌하다.

분발하지 않는다는 건, 자신의 시간을 재는 일.

분발하지 않는다는 건, 행복하다.

분발하지 않는다는 건, 몸에 좋다.

분발하지 않는다는 건, 마음에도 좋다.

분발하지 않는다는 건, 건강하다.

분발하지 않는다는 건, 다투지 않는다.

분발하지 않는다는 건, 자연에게 다정해진다.

분발하지 않는다는 건, 남에게 상처 주지 않는다.

분발하지 않는다는 건, 진정한 '평화'.

분발하지 않는다는 건, 지구를 계속 사랑하는 일.

분발하지 않는다는 건, 우주.

분발하지 않는다는 건, 나다.

우주진은 늘 사람들로부터 '분발하라'는 말을 듣는다. 비장애인이 장애인에게 '분발하라'고 할 때, 거기에는 동정심과 함께 혹시 얼마쯤의 죄의식이 숨어 있는 것은 아닐까. 왜냐하면 '이러한 레이스는 장애인 입장에서 보면 페어플레이가 아니다'라는 인식이 있기 때문이다. 그러나 그렇게 생각하면서도 비장애인은 이렇게 말할 수 없다고 느낀다.

'이 레이스는 페어플레이는 아니지만, 그래도 당신은 레이스를 계속할 수밖에 없지 않은가. 왜냐하면 삶의 보람을 찾을 만한 인생이 따로 없을 테니까.'

그러한 생각으로 비장애인은 탈락하지 않고 계속 레이스를 하고 있는 장애인이나 혹은 그러한 불리함에 굴하지 않는 장애인을 상찬하지 않고는 못 배긴다. 마음속 어딘가에 자리 잡고 있던 죄의식이 '분발해서 장애를 극복한' 사람들 앞에서는 한순간이나마 사라지는 것이다. 그리고 그러한 사람들의 존재에 스스로 격려되고 혹은 질타를 받으면서 자신도 그들에게 지지 않도록 더욱 분발해 인생이라는 레이스를 계속 달려나가겠다고 다짐한다. 왜냐하면 그것 말고는 삶의 보람을 찾을 만한 인생이 따로 없을 테니까.

우주진의 말을 빌리면, '분발하라'는 말은 전쟁을 연상시킨다. 한 사회가 전쟁을 치를 때 사람들은 서로 '공동의 결승점'을 향해 달려가고 있다는 것을 가장 확실하게 실감할 수 있다. 우주진은 '국가 총동원령'과 같은 것이 내려질 때 장애인은 손발이 불편하다는 이유로 먼저 제외될 것이라고 우려한다. 근대사를 돌아보면 그것은 나치가 저지른 일이기도 하다. 그리고 이러한 우생 사상은 지금 평화로운 일본에서도 시시각각 강조되고 있지 않은가.

우주진은 말한다. 자신은 게으름뱅이로 머물고 싶다고. 자신이 좋아하는 방식대로 살고 싶고, 입고 있는 것은 누더기여도 좋으니 그냥 자신을 내버려두라고. 단, 게으름을 피운다고 해도 그것은 스스로에게 그러는 것이 아니라 사회에 대해서 그러는 것이라고. 자신에게는 자신만의 페이스가 있고, 기준이 있어 거기에 맞추어 자기 나름대로 살고 싶다고. 그러니 정상적인 사회가 자신에게 요구하는 페이스는 따라가지 않을 것이며, 자신을 놔두지 않을 경우 거기에 저항할 거라고. 그것이 그가 말하는 게으름뱅이로 머무는 일이다.

사회는 점점 가속화되어간다. 같은 방향을 향해 사람들은 서로 앞서 나가겠다고 다투어 달린다. 속도로 서로 경쟁하는 사회가 장애인이 살기 편한 사회일 리 없다.

우주진은 말한다.

"나도 살기 어려워, 지금의 세상은. 하지만 비장애인 역시 점점 더 살기 힘들어지는 게 아닐까. 아니, 어쩌면 비장애인이 더 살기 힘들지도 몰라. 나와 같은 게으름뱅이를 보면서 비장애인이 자기 자신이 느끼는, 사는 일의 어려움을 한 번쯤 돌아봤으면 좋겠어."

느림의 철학자들

후쿠다 미노루福田稔

또 하나의 이름은 우주진. 시인, 팬터마임 배우. '분발하지 않는' 장애인. 헤이쓰카 양호학교 졸업 후

직업 훈련 학교를 거쳐 뇌성마비 그룹 '푸른 잔디회'를 알게 되면서 장애인 운동에 참여하게 되었다.

현재 장애인과 비장애인이 함께하는 팬터마임 극단에서 활동하고 있으며, 집필과 강연도

'자신의 방식에 따라' 열심히 하고 있다.

나, 시간은,

돈과 권력과 기계들이 맞물려

미친 듯이 가속을 해온 한

실은 게으르기 짝이 없었습니다.

(그런 속도의 나락에서 헤어나지 못하고 보면

그건 오히려 게으름이었다는 말씀이지요.)

마음은 잠들고 돈만 깨어 있습니다.

권력욕 로봇들은 만사를 그르칩니다.

자동차를 부지런히 닦았으나

마음을 닦지는 않았습니다.

인터넷에 뻔질나게 들어갔지만

제 마음속에 들어가보지는 않았습니다.

나 없이는 아무것도

있을 수가 없으니

시간이 없는 사람들은 실은

자기 자신이 없습니다.

돈과 권력과 기계가 나를 다 먹어버리니

당신은 어디 있습니까?

나, 시간은 원래 자연입니다.

내 생기를 너무 왜곡하지 말아주세요.

나는 천천히 꽃 피고 천천히

나무 자라고 오래오래 보석 됩니다.

나를 '소비'하지만 마시고

내 느린 솜씨에 찬탄도 좀 보내주세요.

정현종, '시간의 게으름'

노인-어린이

|

'노인은 노인답게, 아이는 아이답게'가 힘든
비정상 사회

고령화와 출산율 저하라는 두 가지 문제가 오늘날 사람들에게 고민거리가 되고 있다. 매년 최저 기록을 경신하는 출산율은 일본의 경우 2002년 1.32명으로 조사됐다.2017년 연말 기준으로는 1.43명이다-편집자 주 전문가들의 의견에 따르면, 출산 의욕 저하를 초래하는 가장 큰 요인은 육아와 교육에 대한 경제적 부담이라고 한다. 한편, 이미 연소 인구(15세 미만)를 상회한 고령 인구(65세 이상)는 21세기 후반이 되면 전 인구의 3분의 1이 된다. 고학력화를 고려할 때 대략 1.5명당 노인 한 사람분의 사회보장 부담이 지워지게 되는 셈이다.

우리 사회에서 노인과 아이는 이처럼 우리가 해결해야 할 문제로 받아들여지고 있다. 늙음과 어림 모두 누구나 맞이하는 인생의 한 단계다. 그런데 이러한 것이 한 사회에서 문제로 받아들여질 수밖에 없다는 것은 사회 존재 양식에 문제가 있다는 뜻은 아닐까?

철학자 와시다 기요카즈의 말을 빌리면, 그것은 바로 노인이나 아이의 자리를 찾아내지 못하고 있는 우리 사회의 미숙함을 나타내는 것이라고 한다.

와시다는 노인과 아이의 공통점은 혼자서는 살 수 없는 존재라고 말한다. 다른 사람의 도움을 받아야만 삶을 유지해나갈 수 있다. 보호라든가 간호라든가 양호라는 형태로 말이다. 사람은 함께 어울려 살아야 하는 사회적 동물이다. 다른 사람의 도움 없이 생명을 유지할 수 있는 사람은 아무도 없다. 서로 돕고 서로 의지하는 일은 '이렇게 해주었으면' 하는 바람이나 이상이 아니라, '이렇게밖에는 할 수 없다'는 필연적인 자세다. 와시다 기요카즈는 덧붙였다.

"노인이나 아이는 청년이나 장년과는 다른 시간을 살고 있다. 움직임도 느리고 휴식도 많이 필요하며, 시간적으로도 이완되어 있다. 늙음이나 어림을 시간의 관점에서 다시 한번 생각해 보기로 하자."

철학자 우치야마 다카시에 따르면, 근대사회란 무엇보다 근대적인 시간 질서를 바탕에 두고 만들어진 구조다. 그곳에서의 시간이란 직선적이고 균질하며, 객관적이고 계측 가능하다. 자본주의 경제 체제는 이러한 시간을 기준 삼아 이루어져 있다.

우리는 과연 어떠한 시간을 살아가고 있는 것일까? '시간은 돈이다'라는 말을 실감하면서 언제나 시계를 가까이에 두고, '시간이 자신을 쫓고 있는 듯' 살아가는 사회인이 많은 것은 분명하다. 경제와 산업, 비즈니스의 시간이 현대인의 생활을 제어하는 주요한 틀이다. 그것은 경제인이나 비즈니스맨에 한정된 것이 아니다. 노인, 젊은이 가릴 것 없이 동일한 시간의 틀 속에 자신을 두고 성장과 효율성, 생산성을 최우선 가치로 삼는 사회의 공기를 함께 호흡하며 살고 있다.

이러한 성장과 생산성을 축으로 하는 사회에서 이미 생산적인 시기가 지나버린 늙음은 쇠약의 프로세스로 여겨지며, 노약·노추·노쇠와 같은 말의 이미지가 보여주듯이 부정적이고 퇴행적이며, 가능하면 멀리하고 싶은 것, 회피하고 싶은 것으로 여겨진다. 와시다에 따르면, 이렇게 '어쩐지 싫은 생각이 드는' 노인을 어떻게든 사회의 틀 속에 무난하게 넣기 위해 사랑스럽고 귀여운 노인의 이미지를 만들어내는 것이다. 이는 생산성이나 효율성 등과는 거리가 있는 유아나 아이들을 사랑스러움과 귀여움 속에 가두려는 것과도 비슷한 맥락이라고 지적한다. 그들을 사회의 '현역' 이전, 혹은 이후라는 시각에서 받아들이고, 수동적이고 타율적인 존재로 강요한다.

노인에게 살기 힘든 사회는 아이에게도 마찬가지로 살기 힘든 사회다. 우리 사회에서 아이들은 언제나 재촉당하고 있다. 인생의 최초 10년 동안 대체 몇 번이나 '서둘러', '빨리 해'라는 말을 듣고, '꾸물댄다', '굼뜨다'라는 욕을 듣는 것일까. 놀기라는 '비생산적인' 행위에 빠져 있는 아이는 "대체 그게 너에게 무슨 도움이 되니?"라는 말을 수없이 듣게 될 것이다. 교육열이 높은 어머니가 아무렇지도 않다는 듯이 "노는 건 언제든지 할 수 있잖아요!"라고 말하는 것을 들은 적이 있다. 그 어머니는 놀기를 노후에나 해야 하는 일쯤으로 여기고 있는 것일까?

과거 대가족제도에서처럼 3세대가 한집에 모여 사는 것은 생물학

적으로 볼 때도 특이한 일이다. 할아버지와 손자라는 격세대적 관계는 인간 문화의 중요한 요소라고 할 수 있다. 소설가 이노우에 히사시井上ひさし는 이렇게 말한다.

"생산적 세대인 부모를 중심에 두고, 노인과 손자라는 비생산적인 두 세대가 대칭적으로 결합되는 곳에 문화적인 활력의 원천이 있었다. 그들이 화롯가나 이불 속에서 서로 몸을 부대끼면서 어깨를 주무르거나 옛날이야기를 하면서 실없이 보내는 시간이 사라져가면서 문화적인 활력도 떨어지고 말았다."

와시다는 이노우에의 말을 인용하면서, 노인과 아이의 격세대적인 유대가 실은 직선적이고 획일적인 시간에 기초한 사회 질서를 흔들고 무너뜨릴 만한 에너지를 간직하고 있다고 말한다. 그리고 성숙한 사회란 늙음이나 어림, 이 모두를 포함한 다양한 시간을 인정하고 관용적으로 받아들이면서 상호 관계를 배양해나가는 사회라고 말이다.

"어린아이가 어린아이로, 어림 그 자체를 간직한 채 빛나는 사회. 노인이 노인으로, 어른의 세계에서 물러나 앉은 것이 아니라 '나이 듦'의 시기로서 시간의 의미를 발견하면서 살아가는 사회. 이런 사회라야 비로소 성숙한 사회라고 말할 수 있지 않을까."

문화인류학자 다케무라 신이치竹村眞一는 인간의 본질은 '아이'라고 지적한다. 평생 아이로 지내면서 언제든 새로운 자극과 학습에 의해 달라질 수 있는 가소성可塑性에 바로 인간의 본성이 있다는 것이다. 이러한 관점에서라면 고령화 사회는 전혀 다르게 보인다. 다케무라의 말처럼, 늙음은 인간에게만 주어진 선물이다.

우리는 이제까지 '생산적인 어른'만이 인간의 본질이라고 잘못 믿어온 것은 아닐까. 이러한 환상으로부터 자유로워질 때, 우리가 이제까지 성가신 것으로 여겨온 늙음이나 어림이 언뜻 보기에는 비생산적으로 느린 시간과 더불어 풍요로운 가능성으로 우리 앞에 펼쳐지게 될 것이다.

이어 읽기

슬로 러브(72), 분발하지 않기-장애인(182), 모모-시간(195), 놀기(199)

느림의 철학자들

와시다 기요카즈鷲田清一

1949년 교토 출생. 철학자. 오사카 대학교 총장을 지냈으며,《모드의 미궁》,《듣기의 힘》,
《죽지 않고 있는 이유》등 다수의 저작을 통해 철학의 대중화에 공헌했다.
특히《비명을 지르는 신체》,《자신, 이 불가사의한 존재》,《늙음의 공백》등 신체·임상·늙음과 같은
테마를 다룬 일련의 저작은 슬로 라이프를 이해하는 데 중요한 교과서라 할 수 있다.

우치야마 다카시內山節

1950년 도쿄 출생. 철학자. 존재론·노동 존재론·자연 철학·시간 존재론을 축으로 한 철학을 연구했으며,
자신의 반농 생활과 낚시인으로서의 삶을 통해 독특한 사색을 전개해나갔다.
《자연과 인간의 철학》,《시간에 관한 12장》,《자연과 노동》,《사상으로서의 노동》,《화폐의 사상사》등의
책을 썼다. 특히 시간론을 통한 근대 비평은 '느림학'의 철학적 기반을 제공하고 있다.

모모-시간

|

돈과 시간은 자유이자 감옥

우리는 커다란 고민거리를 안고 있다. 여기서 우리란 이른바 선진 국의 대도시에 사는 사람들을 말한다. 그리고 우리의 고민이란 '시간이 없 다'는 것이다. 그거야 뭐, '앞서가는' 나라, '앞서가는' 도시에서 산다는 특권 을 누리기 위한 대가라 여기며, 우리는 이 문제를 깊이 생각하지 않았었다. 오염된 물과 공기, 소음, 복잡함과 마찬가지로 바쁨 또한 도시 생활에는 늘 따르게 마련인 문제라고 여기면서 말이다. 그리고 마침내는 '시간이 없다' 는 것이 자신의 높은 가치를 증명이라도 해주는 듯이 자랑스럽게 여기게 된다. 그렇게 되면 이제 거꾸로 바쁘지 않은 자신은 남들이 필요로 하지 않 는 가치 없는 사람이라고 여기게 되고, 오히려 '시간이 있는' 상태를 두려워 하게 된다.

'여백 증후군'이라는 병이 있다. 자신의 다이어리에 빼곡히 일정이 적혀 있지 않으면, 그 여백에서 황소바람이 불어오는 것 같아 불안해서 못

견디는 것이다. 그리고 또 하나, '이러고 있으면 안 돼 증후군'도 있을 법하다. 다이어리에 여백이 없을 정도로 바쁜 사람이 정작 아무 일에도 집중하지 못하고, 이 일 저 일 옮겨 다니며, '이러고 있으면 안 돼'라는 생각에 시달리는 것이다. 바쁠수록 그 사람의 사회적 가치는 높아진다 치자. 그런데 그다음에는 지금 자신이 하고 있는 일의 가치가 자신의 사회적 가치에 합당할 만큼 높지 않다는 것이 그 사람을 괴롭히게 된다.

미하엘 엔데가 쓴 《모모》는 현대인의 시간을 둘러싼 불행을 그린 우화다. 어른들은 시간 은행에 시간을 맡기면 그것이 몇 배가 되어 돌아온다는 정체불명의 회색빛 남자들의 말에 속아 엄청나게 바빠지고 일에 짓눌려서 가족도 친구도 돌아보지 않게 된다. 그러한 어른들의 모습을 보고 처음에는 어리석은 일이라 여기던 아이들도 마침내는 '어린이의 집'이라는 이름의 교정 시설에 수용되고 아이다움을 잃어버리면서 점차 '어른스럽게' 되어간다. '놀기'는 아무런 도움도 되지 않는, 귀중한 시간을 낭비하는 일로 취급된다. 슬프게도 그러한 모습은 바로 너무 바쁘게 일과 시험 공부에 쫓겨 살아가고 있는 우리 현대인의 모습 그대로다.

어느 날 마을에 나타난, 어디서 왔는지 알 수 없는 모모라는 여자아이만이 그 회색빛 남자들의 정체를 알아내고 도둑맞은 시간을 되찾기 위해 대활약을 펼친다. 모모의 눈에만 보이는 그 회색빛 남자들의 정체는 과연 무엇이었을까? 그것은 인간의 욕심이 낳은 환영일 것이다.

시간에 관해 사색을 거듭한 엔데가 만년에 화폐 문제에 몰두한 것은 우연이 아니다. 무엇이든 사고팔 수 있는 돈이라는 거대한 자유를 손에 넣은 우리 인간은, 동시에 그 돈의 노예로 전락해버리고 말았다. 이와 마찬가지로 어떻게든 쓸 수 있는, 때로는 잘라 팔 수도 있는 나만의 시간이라는 매혹적인 자유를 손에 넣은 인간은 시간의 폭군 앞에 엎드리는 불행을 자초하고 말았다.

우리 등 뒤에선 악마가 버티고 있으면서 언제나 "이러고 있으면 안 돼"라고 속삭인다. 혹은 틈새로 파고드는 바람이 되어 "더 바삐 움직여"라며 목덜미를 쓸어준다.

우리에겐 모모가 필요하다. 우리가 이제까지 입버릇처럼 말해온 풍요로움·편리함·효율성과 같은 말의 정체를 제대로 파악하기 위해서라도 말이다. 모모는 어디에 있는 것일까? 아마도 우리 한 사람 한 사람의 마음 속에 있지 않을까? 아무 도움도 되지 않고 돈도 되지 않는, 그저 흥겹고 즐겁기만 한 놀이의 시간을 아직 기억하고 있는 사람이라면, 모모는 그의 마음 한구석 어딘가에 분명 자리 잡고 있을 것이다.

《모모》속에 들어 있는 또 하나의 힌트. 그것은 모모를 시간의 나라로 안내하는 카시오페아라는 이름의 거북이다. 앞으로 나아가려고 하면 뒷걸음질치고, 서둘러 앞으로 나아갈 때에는 뒤로 천천히 가는. 우리가 살고 있는 거꾸로 된 세계에서는 그러한 역설의 지혜야말로 커다란 의지가 되어줄 것이다.

깊이 알기

미하엘 엔데, 《모모》, 비룡소, 1999년

이어 읽기

슬로 머니(92), 빠빠라기(148), 움직인다-머문다(151), 놀기(199), 지금 여기-친밀감(287)

느림의 철학자들

미하엘 엔데Michael Ende

1929년 독일 출생. 오토 팔켄베르트 드라마 학교에서 공부한 후 연극배우, 연극 평론가, 연극 기획자로 활동했다. 스물아홉 살 때 그린 그림책이 독일 아동문학상을 받은 것을 계기로 집필에 전념하기 시작, 아흔다섯 살에 타계하기까지 《모모》를 비롯해 《끝없는 이야기》, 《거울 속의 거울-미궁》을 비롯한 수많은 명작을 발표했다. 전 세계적으로 사랑받는 작가로, 말년에는 통화通貨 연구에 몰두하기도 했다.

놀기

―

헛되기 때문에 비로소 충실해지는 것

요즘 일본 이곳저곳을 여행하면서 드는 생각은 좀처럼 아이들의 모습을 보기 힘들다는 것이다. 특히 옛날에는 어디서나 볼 수 있었던, 밖에서 노는 아이들을 이제는 거의 볼 수가 없다. 모두 집 안에서 놀고 있는 탓일까, 아니면 노는 일 자체가 줄어든 것일까?

《놀이와 일본인》이라는 책에서 다다 미치타로는 이렇게 말했다.

다행스럽게도 우리는 아직 벌판에서 천진스레 뛰어노는 아이들을 가졌다. 참새 떼가 제멋대로 날아다니다 무리 지어 날아오르는 것처럼, 그들은 마음대로 무리를 지어 놀다가 일제히 달아난다. 그러한 뒷모습은 우리에게 무언가 말해주지 않는가? 실제로 노는 아이들의 소리는 우리의 영혼까지도 뒤흔들어놓는다.

1970년대에 다다가 이 글을 썼을 때, 그의 머릿속에는 아마도 12세기 후반의 노래집 《료진히쇼梁塵秘抄》에 나오는 다음과 같은 노래가 있었음이 분명하다.

　　　　노는 아이들 소리 들으면

　　　　내 몸까지도 흔들리네

　　　　놀려고 태어난 게지,

　　　　까불며 새롱대러 세상에 난 게야

　　　　아이들 노는 소리 들려오면

　　　　내 몸까지 절로 흔들려오네

1970년대까지도 느낄 수 있었던 800년 전 감각은 그로부터 30~40년이 지난 지금 어떻게 되었을까? 오늘날 우리는 "벌판에서 천진스레 뛰어노는 아이들을 가졌다"라고는 말하기 어렵다. 지금도 우리는 뛰어노는 아이들의 소리를 듣고 마음이 흔들리는, 그런 정신을 갖고 있다고 말할 수 있을까?

다다는 어린아이들이 금방 친해져 함께 놀거나 말이 통하지 않는 외국의 아이들과도 꽤 재미있게 놀 수 있는 것은, 그들에게 유희의 기분이 흘러넘치고 있기 때문이라고 한다. '무엇을 하고 노느냐'의 그 '무엇'은 그다지 중요하지 않으며, 개개의 놀이를 샘솟게 하는 그 원천적인 놀이의 마음이 중요한 것이라고 생각한다.

여성이 남성에 비해 전화 통화가 길고, 쇼핑 중에 우연히 만난 친구와도 이런저런 이야기꽃을 피울 수 있는 것은 그 내부에서부터 샘솟는 유희의 마음이 있기 때문이라고 한다.

길에 서서 나누는 이야기 대부분은 아마 잡담으로, 내용 자체는 그리 대단할 것 없는 소소한 이야기일 것이다. 다다의 말처럼, 문제는 대화의 내용이 아니다. 서로 마음이 맞는 사람들끼리 특별한 목적 없이 사소한 이야기를 주고받으며 시간을 보내는 즐거움. 여기에 바로 놀이의 원형이 담겨 있는 것이다.

> 사람과 사람이 만난다, 혹은 함께 있다, 이것이 '사회'의 원형태原形態일 것이다. 그렇다면 그 원형으로 돌아가서 무엇을 하면 좋을까? 무엇을 하든 자유며, 아무것도 하지 않는 것 또한 자유다. 명확히 잘라 말할 수 없는 미분未分의 상태, 그곳에 바로 우리 놀이의 원시적인, 혹은 기본적인 모습이 드러나 있다.
>
> 다다 미치타로, 《놀이와 일본인》 중에서

시간을 '헛되이 보내는 일'에서만큼은 아이들을 당해낼 재간이 없을 것이다. 그렇게 시간을 보내는 방법이 바로 놀이이기 때문이다. 놀이는 바로 일상의 현실 논리에서 벗어나는 것이다. 합목적성으로부터 자유롭기에 빛나는 것이다. '헛되기' 때문에 비로소 충실해지는 것이다. 그런데 우리 사회의 어른들은 놀고 있는 아이들에게조차 '그게 무슨 소용이 있느냐'라든가 '좀 더 가치 있는 일을 하라'고 늘 주문한다. 즉 이런 것이다. 경제성장과 효율성이 우선시되는 사회에서는 이렇다 할 경제 효과도 없고 돈이나 생산성, GDP로도 연결되지 않는 활동은 2차적, 3차적인 것으로 폄훼되다가 결국에는 배제되고 마는 것이다.

그러나 《료진히쇼》의 그 노래에서처럼, 어찌 생각하면 우리 모두 놀기 위해 태어난 것이 아닐까?

깊이 알기
로제 카이와, 《놀이와 인간》, 문예출판사, 2002년
요한 하위징아, 《호모 루덴스》, 연암서가, 2018년

이어 읽기
걷기(20), 잡일(64), 편리함-즐거움(85), 노인-어린이(190)

맹그로브 마을의 여유로운 오후

-

에콰도르

에코 이코노미

|

경제학과 생태학,
이제는 서로를 껴안아야 할 시간

오랜 기간 월드워치연구소를 이끌면서 세계의 환경 위기를 경고해
온 레스터 브라운은 2002년 지구정책연구소를 창설하고, 그 취지를 《에코
이코노미》라는 책에서 펼쳐 보인 바 있다. 그의 지적에 따르면, 인류는 지
금이야말로 세계관의 대전환을 필요로 하고 있다. 그것은 16세기 중반, 폴
란드의 천문학자 코페르니쿠스가 지동설을 주장하며 지구와 태양의 관계
에 대한 사고의 대전환을 촉구한, 이른바 '코페르니쿠스적 전환'과 비교할
만한 것이라고 한다. 환경과 경제 관계에 대한 사고의 대전환, 즉 환경(에
콜로지)이 경제(이코노미)의 일부라는 사고에서 경제가 환경의 일부라는
사고로의 전환을 뜻한다.

이러한 경제와 환경의 관계를 시간의 관점에서 살펴보자. 볼프강
작스나 폴 호켄이 말한 바와 같이, 세계의 시간 틀은 둘로 나뉜다. 첫째는
지구와 생물의 생태적 시간의 틀로, 거기에는 지구의 역사와 함께 발맞추

어온 생물 진화의 원대하고도 유장한 시간의 흐름, 각 생명의 삶과 죽음의 사이클 등이 포함된다. 둘째는 산업이나 상업 등의 경제적 시간의 틀이다. 비즈니스는 속도를 다투고 변화를 좋아한다. 거기에서는 가속화와 끊임없는 변화, 무한한 성장이 철칙이다. 이를 반하는 자는 그에 따른 제재를 받게 된다. 이것이 현대 세계를 지배하는 시간의 틀이라는 사실은 두말할 나위도 없다.

지구환경의 위기란 무엇인가? 그것은 경제적 시간의 틀에 생태적 시간의 틀을 끼워 맞춰 넣고, 그 결과 삶의 기반인 생태계 자체를 위태롭게 만들어버리는 사태다. 경제적 시간이 생태적 시간을 압박하고 있는 양상은 지구 곳곳에서 나타나고 있다. 어장 붕괴, 산림 감소, 토양 침식, 방목지의 황폐화, 사막화, 이산화탄소 농도 상승, 지하 수위 저하, 기온 상승과 그에 따른 파괴적인 폭풍우의 빈발, 빙하의 융해와 그에 따른 해면 상승, 산호초의 사멸, 생물의 가속화된 멸종과 소실, 그리고 새로운 감염증의 급증.

예컨대 지구온난화란 인간이 이산화탄소를 비롯한 온실효과 가스를 배출하는 속도가 그것을 동화·흡수하는 지구의 느릿한 속도보다 빨라졌음을 의미한다. 즉 인간은 경제적 시간을 위해 탄소 순환이라는 생태계의 기반을 무너뜨려버린 것이다. 또 급격히 진행되고 있는 다양한 생물의 멸종은 생물이 환경 변화에 적응하는 데 필요한 시간을 주지 않아 야기된 급속한 변화의 결과라 할 수 있다.

이러한 변화의 주원인이 인간의 경제활동에 있다는 데는 대다수의 과학자들이 의견의 일치를 보이고 있다. 이른바 제1차 산업에서도 가속화하는 경제적 시간에 떠밀려 생물 고유의 시간이 단축되어버렸다. 이러한 일들에 대한 결과가 현재 세계 곳곳에서 심각한 환경 파괴나 공해로 나타나고 있다.

그렇다면 문제는 생태적 시간이 따라갈 수 있도록 경제적 시간을 어떻게 감속시켜 이 둘의 시간 관계를 새롭게 구축하느냐 하는 것이다.

브라운의 지적에 따르면, 이 두 시간의 충돌을 피하고 양자 사이의 조화를 회복하기 위해서는 생태학적으로 지속 가능한 '에코 이코노미'를 실현하지 않으면 안 된다. 그리고 이를 위해서는 이제까지 반목해온 경제학과 생태학이 서로 가까이 다가가서 양쪽의 장점을 살려 협력해 나갈 필요가 있다.

생태학은 경제활동을 비롯한 인간의 생활 대부분이 지구 생태계에 의존해 있음을 이해하고 있다. 그리고 3000만 종에 이르는 생물이 먹이 연쇄, 물질 순환 지구상의 생물군이 유한한 물질을 무한하게 이용하는 메커니즘을 체계화한 것. 특히 지구 생태계에서 태양에너지를 화학에너지로 전환시켜 유기물이 생산·축적되고, 다시 이 유기물이 소비·환원되는 과정을 지구생물화학적 물질 순환이라고 한다-역주, 수문 순환 지구의 일반적인 수자원 형태와 그 순환 과정을 살펴보면, 대기 중의 수증기가 응축되어 비 또는 눈, 얼음으로 지표상에 떨어지고 지표면을 따라 흘러 호수·강·바다 등으로 빠져나가며, 그중 일부는 지하로 침투해 지층 속 틈을 통해 이동하게 된다. 호수·강·바다에서의 증발 작용, 식물에서의 발산 작용 등으로 지상에 있던 물의 일부가 다시 구름으로 변해 비를 만든다. 이것을 수문 순환 hydrologic cycle이라 한다-역주, 기후 시스템 등에 서로 의존하며 생명 공동체를 이루어가고 있다는 사실을 밝혀내고 있다.

목표를 정책으로 옮겨가는 방법을 알고 있는 경제학은 이러한 생태학적 지식을 받아들여 경제 정책을 세워나갈 수 있을 것이다. 이들 양자가 서로 힘을 모으면 지속적이고 발전 가능한 새로운 '에코 이코노미'를 설계하고 구축해나갈 수 있다고 브라운은 말한다.

깊이 알기

레스터 브라운, 《에코 이코노미》, 도요새, 2003년

레스터 브라운, 《플랜 B-파산하는 지구를 구하는 생태경제학》, 도요새, 2004년

이어 읽기

지구온난화-멸종(105), 모모-시간(195), 에도(209), 슬로 비즈니스(250)

느림의 철학자들

레스터 브라운Lester R. Brown

1934년 뉴저지 출생. 하버드 대학교에서 농학과 행정학을 공부했으며, 농무성 국제 농업 개발국장을 역임했다. 1974년, 지구환경문제를 연구하는 월드워치연구소를 설립했으며, 1984년부터 《지구 백서》, 1992년부터는 《지구환경 보고서》를 매년 발간하고 있다. 지은 책으로 《에코 이코노미》, 《맬서스를 넘어서》, 《플랜 B-파산하는 지구를 구하는 생태경제학》 등이 있다.

집 뒤편 배를 대는 곳에서 카카오와 생선을 말리고 있다.

에콰도르 맹그로브 마을

에도

|

에도, 지속 가능한 사회의 전형

'에도'는 슬로 라이프의 키워드다. 일본인이 그러한 키워드를 가진 것에 대해 감사의 마음이 들 정도다. '슬로 푸드' 하면 남부 유럽, '에콜로지' 하면 북유럽이라는 식으로, 우리는 여전히 새로운 사회 모델과 라이프스타일의 모범을 구미歐美에서 찾으려는 경향이 있다. 그것은 구미를 모범으로 삼아 근대화를 진행해온 흐름을 그대로 계승하면서, 근대화가 가져온 벽을 또다시 구미를 모범 삼아 뛰어넘으려 하고 있는 것처럼 보인다.

불과 백수십 년 전까지 지금과 동일한 일본의 생태계를 배경으로 선조들이 행해왔던 일들의 중요한 의미가 지금 되살아나려 하고 있다. 에도시대를 연구하는 이시카와 에이스케石川英輔와 다나카 유코田中優子는 에도시대야말로 지금 전 세계의 구호가 되고 있는 '지속 가능한' 문화와 사회의 모델이었다고 역설한다. 약 3000만 명의 인구로 이루어진 사회가 거의 외부로부터의 물자 수입 없이, 커다란 분쟁도 없이 250년간 유지되었

209

기 때문이다.

이시카와와 다나카는 에도시대의 특징을 '순환Recycle'과 '자발 Volunteer'이라는 두 단어로 집약하고 있다. 그들의 말에 따르면, 현대 일본 사회에서 이 두 단어가 주목받는 현상은 에도시대에는 가능했던 순환형 삶과 상호 부조의 풍요로운 전통이 사라졌음을 역으로 보여준다. 즉, 순환과 재생이 불가능한 대량 소비·대량 폐기의 지속 불가능한 사회, 자발과 자원自願의 정신이 결핍된 사회이기에 '순환'과 '자발'을 외치는 소리가 드높은 것이다.

한 연구 조사에 따르면, 무게로 본 수출입 균형 면에서 현대 일본은 수출이 1인 데 반해 수입은 8이라고 한다. 즉, 이 열도에는 매년 그 7만큼의 차이가 쌓여가고 있는데, 그것이 바로 쓰레기다. 이에 반해 에도시대는 재생은커녕 쓰레기와 폐기물이라는 개념조차 없는, 고도로 정제된 순환형 사회였다. 수천만 년의 시간에 걸쳐 축적된 화석연료를 불과 수십 년 만에 소진해버려야 유지되는 현대사회와 달리, 그 시대의 사회구조는 태양에너지만으로 충당될 수 있도록 이루어져 있었다. 또 의식주에 필요한 모든 물건이 식물에 의해 만들어지고, 그것이 다시 흙으로 돌아가 새로운 식물을 길러내는 식물 순환을 기본으로 한 사회였다.

이시카와는 현대인의 생활이 경제의 순환 속에 갇혀 있는 것과는 대조적으로, 에도시대 사람들의 생활은 임금을 매개로 하지 않는 자주적인 사회 활동이 기반을 이루고 있었기 때문에 '지속 가능한' 사회였다고 지적한다. 그는 현대사회의 자유·자립·프라이버시의 실상은 '내 멋대로'에 지나지 않는다고 말한다.

> 그러한 '내 멋대로'를 축으로 엄청난 기세의 '소비'가 회전된다. (중략) 그리
> 고 그 회전이 빠른 것을 우리는 '부'라고 일컫는다. 부의 회전을 계속 유지
> 하기 위해서는 많이 벌고 많이 쓰지 않으면 안 된다. (중략) 일은 물론이고
> 인간관계, 교육, 놀이조차도 어떻게든 돈을 벌어서그 회전을 유지해가는
> 것이 목적이 되고 있다. 생활하고 먹고 말하고 배우는, 살아가기 위해 필요
> 한 모든 일이 상당한 액수의 금전 없이는 불가능해진 것이다.

이시카와 에이스케·다나카 유코, 《대에도 자발성의 사정》 중에서

이와 같은 선조들의 삶은 얼마나 여유롭고 자유로운가. 이시카
와 다나카의 말처럼, 그들 역시 돈을 좋아했지만, 그들이 우리와 다른 점은
돈 외에도 좋아하는 것이 매우 많았고, 돈 이상으로 좋아하는 것 또한 매우
풍부했다는 점이다. 현대의 자립이 종종 고립을 의미하는 데 반해, 에도시
대 때의 자립은 자연스럽게 인간과 다른 생명체, 환경과 더불어 살아가고
마음의 균형 감각에 따라 상대를 돕고 싶을 때는 돕고, 도움을 받고 싶을
때는 기꺼이 도움을 받는 것을 의미했다. 바꿔 말하면, 그 시대는 '도움을
필요로 하는 자신의 약함'을 인정하고 인정받을 수 있는, '피차 일반'의 사
회였다고 할 수 있다.

　　에도 후기부터 메이지明治 초기에 걸쳐 일본을 방문한 외국인들이
남긴 기록과 체류기를 상세히 연구한 와타나베 교지渡京二의 《떠나가는

세상 풍경》은 우리가 이제까지 가졌던 봉건적이고 억압적이고 어두운 그 시대의 이미지를 단번에 새롭게 바꿔준다. 오랜 시간 일본에 머물렀던 한 외국인은 "가난한 사람들은 존재하지만, 가난은 존재하지 않는다"라고 일본에 대한 인상을 밝혔다. 와타나베는 이러한 생각을 수많은 방문자가 공유하고 있었음을 지적하면서 이렇게 말한다.

"그 시절 일본에서는 가난하다고 해서 비인간적으로 비참하지 않았고, 가난이 인간답고 만족스러운 생활과 충분히 양립 가능했다고 이방인은 말하고 있다."

이어 읽기
공포-안심(78), 에코 이코노미(204), 플러그-언플러그(214)

곳곳에서 물소리가 끊이지 않는 이른 봄의 마을 풍경

-

시가현 구치키 마을

플러그-언플러그

|

시스템에서 플러그를 뽑고,
공동체에 플러그하기

환경은 인간을 둘러싸고 있는 것, 그래서 인간을 포함하지 않은 공간이라고 생각하기 쉽다. 그러나 이반 일리치에 따르면, 환경이란 과거의 공유지, 즉 사람들이 일정 지역에 모여 살기 위한 기반이자 공동의 공간이다. 과거 각 가정은 주변 공유지에 의해 서로 연결되어 있었다. 그곳은 '공동체의 주거지'라고 할 만한 공동 생활의 장이자 경제적 기반이기도 했다. 과거 일본에도 '입회지入會地' 일정 지역의 주민이 일정한 산림·임야·어장 따위에 들어가서 생산물 채취의 이권을 공동으로 얻는 곳-역주가 있었고, '결結' 우리의 두레에 해당-역주이나 '강講' 저금이나 융자 등을 위해 몇 사람이 모여 만든 계의 일종-역주 등 공동체적 모임이 있었으며, 주거는 그 안에 유기적으로 편입되어 있었다.

그러나 공유지가 자원으로 여겨지고 상품으로 경제 시장에 편입되면, 공동체는 기반을 잃고 와해되며 각각의 가정은 고립된다. 그리고 그곳에 몇 세대에 걸쳐 육성되어 온 '사는 기술' 물이나 식량을 확보하는 기술, 폐기물을 흙으로 주도 급속히 사라져버리게 된다.

사람들은 소비자가 되어 거대한 시장(화폐 경제 시스템) 속으로 편입되고, 그러한 시스템 없이는 하루도 살아갈 수 없는 상태가 된다. 그곳에서는 '비와 이슬을 피하려는' 욕구조차도 경제학적으로 정의된 '필요'가 되며, 상품 가치를 띠게 된다. 주택에는 전선·가스관·전화선·수도관·하수관 등 다양한 선과 관이 깔리고, 그것이 연결되었을 때라야 비로소 주택이라 일컬어진다. 마치 수많은 관을 연결해야만 겨우 생명이 유지되는 식물인간처럼 말이다. 병원의 생명 유지 장치 도움을 얻는 데 많은 돈이 드는 것처럼, 근대적인 주택을 마련하는 데도 막대한 비용이 소요된다.

그리고 그 희소한 공간을 점유하기 위해서는 열띤 경쟁이 따른다. 그 경쟁에 참여하는 것조차 일종의 특권으로 인식되어, 설사 3대에 걸친 부채를 지게 된다 해도 경쟁에 참여하는 것을 감지덕지하게 여긴다. 실제로 대다수의 현대 일본인이 스스로를 중산층이라는 특권 계급으로 규정하고, 집을 소유하는 데 삶의 의미와 목적을 두었었다. 어쩌면 거기에서 삶의 보람을 느끼는 정신이야말로 기적이라고까지 일컬어지는 일본의 고도 경제성장을 떠받쳐온 것인지도 모른다.

현대 주택은 여러 관으로, 선으로 연결됨으로써 비로소 주택이 된다. 그러한 주택에 갇혀 사는 현대인 또한 '플러그드Plugged', 즉 접속에 의해 삶을 지탱해가는 처지인 것이다. 재미있게도 영어의 플러그Plug란 말에는 'TV 등에서 상품을 요란스레 광고한다'라는 의미도 있다.

'언플러그Unplug'. 이반 일리치가 1970년대에 제창하고 그 후 한동안 잊힌 것처럼 보인 '플러그를 뽑는다'는 뜻의 이 말은 미국이 주도하는 세계화의 물결이 전 세계를 뒤덮어가고 있는 지금, 우리 앞에 더 깊은 의미로 다가온다. 그것은 플러그를 뽑음으로써 시스템에 대한 의존도를 조금씩이나마 줄여나가면서 자족적인 생활을 향해 걸음을 옮겨놓는 것이다. 또 남반구에 위치한 여러 나라에는 세계화의 압력과 유혹에 저항해 자발적이고 지속 가능한 발전의 길을 고집하는 것을 의미한다.

이러한 행위들이 국제사회에서 종종 규제의 대상이 되는 것과 마찬가지로, 산업사회 내부에서도 플러그를 빼는 일은 일탈 행위로 간주되어 법적 혹은 사회적 규제를 받는 경우도 많다. 하지만 이러한 위험을 각오하고 '사는 일'의 자유를 고집하는 사람들이 오늘날 사회 구석구석에서 발견되고 있다.

히피를 비롯해 종교적 혹은 비종교적 공동체 운동, 반정부주의, 혹은 사회주의적인 코뮌 운동 등의 집단적 언플러그가 있는가 하면, 방랑자·은자·은둔자 같은 개인적인 언플러그도 있다. 그러나 일리치도 지적했듯이 운동 차원의 언플러그에만 의미를 둘 필요는 없다. 단순한 취미나 놀이, 도락이라 여겨지던 것, 예를 들어 일요 목공이라든가 주말 정원 가꾸기 등에도 실은 중요한 가능성이 숨어 있다.

중요한 것은 '이러한 부분적인 플러그 뽑기 경험을 통해 우리가 무엇을 배워나가는가' 하는 점이다. 그리고 과거 플러그되어 '편리'하고 '쾌적'한 현대 생활을 즐기고 있는 것 이상으로, 지금 우리는 조금씩 생활의 기술을 회복해가면서 생태계와 공동체에 새롭게 플러그되는 경험을 즐기고 있다는 점이다.

이어 읽기
편리함-즐거움(85), 새로운 빈곤(100), 테크놀로지-아트(236), 친환경 주택(238)

언플러그란 다시 연결하기

-

히렐 와인트로프(공저), 《Playful》의 한 페이지

자신의 콘센트를 좀 헐겁게 만들어볼까?

그게 없으면 큰일난다고 여겼던 것,

꼭 이래야 한다고 여겼던 것,

그것들을 몽땅 한번

머릿속에서 스스로 뽑아놓아볼까?

자신에게로 돌아가볼까?

자기 마음의 문에 귀를 대고, 한번 들어볼까?

그리고 마음의 문에 노크해 볼까?

비전화

|

아주 조금만 불편해질 용기를 가져보자

'비전화非電化'란 전력과 화학물질에 과도하게 의존하는 생활을 줄여나가자는 의미로, 발명가 후지무라 야스유키藤村靖之가 만들어낸 조어다. '에너지와 화학물질의 과도한 사용이라는 환경문제의 원점으로 돌아가서, 거기서부터 상황을 바꾸어나가는 일이야말로 발명가에게 있어 진정한 모험이 아닐까'라는 것이 후지무라의 생각이다.

비전화라는 테마 아래 전기를 사용하지 않는 청소기·세탁기·냉장고·에어컨, 흔들어주기만 하면 영구적으로 쓸 수 있는 전지 등이 발명되었고, 시제품도 만들어졌다. 필터 없는 정수기·제습기·커피 메이커 등은 이미 제품화 단계에 접어들었다.

이러한 비전화 기기를 제품화하는 데 가장 큰 문제점은, 그러한 물건들이 지금 사용하고 있는 전자 제품보다 얼마쯤은 느리고 사용하기 번거로워서 '불편'하다는 것이다. 예를 들어 비전화 제습기의 경우 어느 한도까지 흡습시킨 뒤, 그다음에는 이불을 말리는 식으로 볕에 말려주는 작업이 필요하다. 하지만 그렇게만 해주면 제습 능력은 몇 번이고 회복되어 거의 반영구적으로 사용할 수 있다. 그런데도 리모컨만 누르면 모든 것이 해결되는 '편리함'에 이미 길들여진 소비자들이 이 같은 다소의 '불편'을 과연 감수할 것인가 하는 것이 문제다.

아마도 감수하기 어려울 것이라는 게 후지무라의 견해였다. 그러한 까닭에 그의 비전화 기기는 이른바 '개발도상국'을 대상으로 한 발명이었다. '남반구 나라들의 북반구 따라잡기가 이대로 계속 진행되어 전자 제품이 전 세계의 모든 가정에 보급되면, 지구환경은 더 이상 버티지 못하게 될 것이다. 그렇다고 해서 남반구 사람들의 생활 향상에 대한 욕구를 지금 상태로 묶어둘 수만도 없다'는 것이 그의 생각이었다.

그러한 후지무라를 설득해서 '남쪽' 나라들뿐 아니라 일본 내에서도 비전화 운동을 전개하려는 사람이 있다. 그는 후지무라의 친구로, 중남미에서 유기농 커피의 수입과 판매 사업을 해온 나카무라 류산中村隆市이다. 나카무라는 후지무라에게 다음과 같이 말했다고 한다.

"비전화 제품은 에너지 대부분을 소비하는 선진국에서야말로 꼭 필요한 물건이다."

그는 평소 체르노빌 지원, 탈원전, 자연에너지 추진 등의 운동에 관여하면서 에너지 절약을 중요하게 생각하는 사람이 늘고 있음을 실감해왔다. 다소 불편하더라도 전기 소비량이나 화학물질 사용량을 줄이고 싶다고 생각하는 사람은 국내에도 많기 때문에, 그것을 보급시킬 가능성이 있다고 친구를 설득했다.

나카무라의 제안은 이러했다. 일반적으로 전자 제품 등 공업 제품은 대기업이 아니면 만들 수 없다고 여겨왔다. 분명 자금 면에서나 제조·판매 면에서나 이제까지의 방식으로는 대기업과 경쟁하기 어려울 것이다. 그렇다면 생산자와 소비자가 제휴해 유기 농업을 키워온 것처럼, '유기 공업'을 키워가는 것이 어떻겠냐는 것이었다.

자금은 공동 생산·공동 구입 방식을 통해 조성함으로써 이제까지의 '공업 제품은 대기업'이라는 상식을 바꿀 수 있다는 게 나카무라의 생각이다. 예를 들어 후지무라가 발명한 비전화 제품의 경우 제습기는 1000명, 세탁기는 3000명, 에어컨은 1만 명 정도 구입하려는 사람이 있으면 적당한 가격으로 상품화가 가능하다.

비전화 제품을 희망하는 사람이 늘면 늘수록 연구 개발에 몰두하는 사람도 늘어날 것이다. 앞으로 세계 각지에서 다양한 비전화 운동이 확산되는 모습을 기대해본다. 그러한 기대를 담아 후지무라와 나카무라는 2003년 봄, '비전화 공방'이라는 회사를 설립했다. 그리고 비전화 주택의 모델하우스 건설을 계획 중이다.

이어 읽기
에코 이코노미(204), 플러그-언플러그(214), 슬로 비즈니스(250), 뺄셈의 발상(252), 페어 트레이드(270)

텔레비전

|

남의 욕망이 아니라 내 욕망을 들여다볼 것!

텔레비전이 현대 일본인의 생활에 미치는 영향력은 실로 막대하다. 우리 일상은 텔레비전에 의해 좌우되고 있다고 해도 과언이 아니다. 슬로 라이프를 지향하는 사람이라면 지금 자신과 텔레비전과의 관계를 바라보고, 필요하다면 플러그를 뽑을 용기를 내야 한다.

한 연구 조사에 따르면, 일본의 초등학교 6학년 학생의 절반이 자기 방과 자기만의 텔레비전을 가지고 있다. 또 내가 조사한 바에 의하면, 대부분의 사람이 집에서 식사를 할 때 텔레비전을 켜놓는다.

시청 시간을 살펴보자. 한 여론 조사 결과, 1980년대 말부터 텔레비전 시청 시간이 점점 증가하고 있다고 한다. 모든 연령대의 남녀 평균 하루 시청 시간은 3시간 45분에 이른다. 여기서 잠시 계산을 좀 해보면 이렇다. 사람이 80세까지 산다고 가정할 때, 이 정도의 시간 동안 텔레비전을 계속 본다고 하면 인생의 12년 6개월을 텔레비전만 보면서 보내는 셈이다. 그 가운데 우리가 광고를 보는 시간만 따로 계산해보면 1년 9개월이라는 수치가 나온다.

기업은 많은 광고비를 투자해서 자사의 서비스와 물건을 팔려고 소리 높인다. 어째서 소리가 높아지는가 하면, 그렇게 하지 않으면 팔리지 않기 때문이다. 거꾸로 말해 텔레비전에서 선전하고 있는 것은 우리가 살아가는 데 불필요한 것이다. 불필요한 것을 필요하다고 여기도록 만드는 것이 광고다. 우리는 두 번 다시 오지 않을 삶 가운데 1년 하고도 9개월에 걸쳐 그것을 들여다봐주고 있는 셈이다.

하지만 우리가 텔레비전에 좌우되는 것은 광고를 보고 있는 시간만이 아니다. 12년 6개월에 걸쳐 보는 텔레비전 프로그램은 우리가 따라 해야 할 겉모습, 라이프스타일, 그리고 그것을 가능케 해줄 갖가지 물건에 대한 정보를 우리에게 계속 주입하고 있다. 텔레비전은 우리 내부에서 끊임없이 새로운 필요를 만들고, 욕망을 자극하고, 이를 계속 확대시키는 장치인 것이다. 그러한 필요와 욕망을 충족하기 위해 우리는 더 바쁘게 일하고 움직이지 않으면 안 된다. 그래야만 가속도로 성장해야 하는 이 경제를 떠받칠 수 있다. 텔레비전과 우리의 사귐은 단지 12년 6개월에 그치지 않는다. 일생 대부분을 텔레비전의 주술 속에서 보내고 있는 것이다.

한 가지 주목해야 할 것이 있다. 60세 이상 노인의 텔레비전 시청 시간은 하루에 5시간이 넘는다. 현재 고령화 사회 도래를 걱정하는 목소리가 높은데, 문제는 고령화가 아니다. 노인들이 텔레비전 앞에 앉은 채 장시간을 보내는 것으로 상징되는, 사회의 조직과 문화 양상 자체가 문제인 것이다. 지난날 사회적 지혜의 보고寶庫이자 문화 전승 담당자로서 중요한 역할을 맡아온 노인이 텔레비전이 제공하는 오락거리의 일방적 수용자로 전락해버렸다. 바로 여기에서 우리 문화의 쇠약함이 단적으로 드러난다.

　　최근 슬로 라이프라는 말을 써가며 '여유롭고도 느긋하게 보내는 노후'를 팔려고 하는 기업과 미디어가 많다. 대형 브라운관 앞에서 장시간 텔레비전을 보는 삶이 슬로 라이프라고는 생각하지 말자. 진짜 슬로 라이프는 자신의 가능성을 탐구하고 실현하고자 하는 활기차고도 역동적인 생활방식에 있을 것이다.

자전거

|

토끼와 거북이의 경주에서
누가 이겼을까요?

바쁘고, 환경에도 나쁘고, 몸에도 마음에도 좋지 않은 도시형 생활 방식을 어떻게 '슬로다운'시킬 수 있을까? 그 '어떻게'에 해당하는 방법 가운데 하나가 자전거다.

자동차는 산업사회의 발전을 보증해주는 기동성을 비약적으로 향상시켰다. 그러나 사회가 도시화되고 세계 인구의 절반이 도시 인구인 오늘날, 자동차를 둘러싼 문제는 점점 심각해져 가기만 할 뿐이다. 교통 혼잡·소음·배기가스에 의한 대기오염, 운동 부족에 의한 비만 등이 전 세계 도시인을 괴롭히고 있다. 레스터 브라운의 보고에 따르면, 런던 시내를 달리는 자동차의 속도는 100년 전 마차의 속도와 거의 차이가 없다. 1999년 방콕의 경우, 운전자들은 교통 정체로 인해 움직이지 않는 자동차 안에서 연평균 44일의 노동시간을 허비했다.

이렇게 되자 자동차에서 자전거로의 슬로다운이 느림을 의미하지 않는다는 것이 분명해졌다. 미국에서는 관할 지역 인구가 25만 명 이상인 경찰서에서는 자전거로 순찰하는 경우가 96%에 달한다. 당연히 자전거를 탄 경관이 더 기동성이 좋고, 사고 현장에 빠르게 도착할 수 있기 때문이다.

그뿐 아니다. 자전거는 지구온난화의 주요 원인인 탄소 배기량을 감소시키는 효과적인 대안이다. 이는 매년 300만 명의 생명을 빼앗는 대기 오염을 줄이는 일이기도 하다. 또 자동차의 경우 만드는 데 1~2톤의 재료가 필요한 데 반해 대부분 혼자 타는 경우가 많다. 그러니 평균 중량 13킬로그램의 자전거가 훨씬 더 효율적인 교통수단이라고 말할 수 있다. 자동차 대체 수단으로서 자전거가 지닌 장점이 전 세계적으로 주목받고 있다. 자전거에 적합한 교통 시스템을 만들려고 하는 지자체도 늘고 있다. 자전거 왕국이라 불리는 네덜란드에 대해 브라운은 이렇게 보고하고 있다.

"네덜란드는 '자전거 기본 계획' 아래 국가의 비전을 내걸고 전 도시의 자전거 노선과 자전거도로를 정비하고, 도로나 교차점에서는 자동차보다 자전거에 우선권을 주고 있다. 미국의 도시에서 전체 교통수단의 1%가 자전거인 데 비해, 네덜란드에서는 거의 30%에 이른다."

2000년 세계 자동차 생산 대수는 약 4000만 대였는데, 자전거는 1만 대를 넘는 데 그쳤다.

이어 읽기
지구온난화-멸종(105), 플러그-언플러그(214), 테크놀로지-아트(236)

자동판매기-물통

|

나쁜 디자인 대 좋은 디자인

자전거를 타고 거리를 달리면서 생각날 때마다 길가에 서 있는 자동판매기의 플러그를 뽑으며 다닌 사람을 알고 있다. 그리고 나는 그 사람의 기분을 너무도 잘 이해할 수 있을 것 같다. 지금 일본은 23명당 한 대꼴로 자판기가 할당된, 이른바 자판기 왕국이다. 전국 자동판매기에 의한 매출액은 무려 7조 엔 이상이라고 한다. 총 550만 대의 자판기 가운데 냉장기능을 갖춘 '청량음료' 자판기만 약 260만 대다. 이 책이 쓰여진 2003년의 상황에서 -편집자 주그러한 것들을 24시간 내내 가동하기 위해서는 원자력발전소 1기분의 전력이 들어간다고 한다. 언제 올지도 모를 손님을 위해 항상 캔이나 병을 차게 혹은 따뜻하게 유지하면서 잠자코 기다리고 있는 기계. 거기서는 쓰레기가 얼마만큼 배출되는 것일까?

그 안에 든 내용물 또한 실로 미심쩍은 것들이다. 아무리 생각해봐도 이것은 '나쁜 디자인Bad Design', '나쁜 테크놀로지Bad Technology'

가 아닐 수 없다. 이토록 많은 자동판매기를 늘 '플러그' 하는 사람과 그것을 참고 보기 힘들어 '언플러그' 하는 사람 중, 과연 어느 쪽을 비상식적이라고 해야 할까.

하지만 어떤 사람은 이렇게 말하며 자동판매기를 변호한다.

"1년 내내 전기를 사용하는 것을 전력 낭비라고 하는 의견도 있다. 하지만 사실 자동판매기에 의한 매출은 편의점보다 많은 데다, 편의점은 자동판매기보다 훨씬 더 많은 전기를 사용하고 있다. 그리고 덧붙여, 최근 자동판매기의 에너지 절감 대책도 추진 중이므로 그렇게 크게 우려할 만한 일은 아니라고 생각한다."

또 그 사람은 일본이 세계 제일의 자판기 왕국이 된 것은 그만큼 치안이 잘되어 있다는 뜻이므로, 오히려 자랑할 만한 일이 아니냐고 반박하기도 했다.

나는 자동판매기도 편의점도 싫다. 또 그런 것밖에 자랑할 게 없는 일본 사람들이 딱하다는 생각도 든다. 첫째, 자동판매기는 도무지 아름답지 않다. 어디를 가나 자동판매기투성이인 일본은 볼썽사납다. 십수 년간의 외국 생활을 마치고 1990년대 초에 돌아온 내 눈에 자동판매기는 그야말로 눈엣가시 같은 존재였다. 그것은 일본 문화가 쇠약해져가고 있는 생생한 증거처럼 보였다.

최근에는 한밤중 시골 거리의 어둠 속에서도 홀로 형형히 빛나고 있는 자동판매기를 흔하게 본다. 갑자기 집에 손님이 찾아오면 주부가 얼른 근처 자동판매기로 달려가서 캔이나 페트병에 든 음료를 앞치마에 담아 가지고 오는 모습을 쉽게 볼 수 있다. 그럴 때 주부들이 한숨 돌리면서 자판기 덕분에 이렇게 편해졌다고 하는 이야기를 몇 번인가 들은 적이 있다. 이제 옛날처럼 부엌이나 툇마루에 걸터앉거나 손님과 차를 마시며 이런저런 이야기꽃을 피우는 '불편'과 '번거로움'은 없어졌다고 말하고 싶은 것일까? '사는 기술'이 또 한 가지 사라져버렸다. 제대로 된 인간관계가 또 하나 사라지고 말았다.

그래서 나는 자동판매기를 보이콧하기로 했다. 대신 물통을 가지고 다닌다. 한 사람이 매일 사서 마시는 페트병이나 캔 음료 2개를 사지 않으면 1년이면 730개, 돈으로 치면 약 8만7600엔이 절약된다. 또 에너지 절약과 이산화탄소 배출 감소에도 공헌할 수 있다. 보온병에 좋아하는 차를 담아 가지고 다니면 기분도 좋고 건강에도 좋다.

'수이토' 물통이라는 뜻의 일본어-역주는 하카타博多 사투리로 '나는 널 사랑한다'는 뜻이다. 그렇다. 친환경적인 삶이 바로 사랑으로 가득 찬 삶이며, 세계를 환경 위기로부터 구할 수 있는 것 역시 사랑이다.

이어 읽기

언제 올지 모를 손님을 위해 24시간 대기 중인 자판기

도쿄의 한 대형 마켓

자동차

이 속도가 절약해준 시간은
도대체 어디로 간 것일까?

테크놀로지의 사명 가운데 하나는 시간을 절약하는 것이다. 시간을 절약하면 그 절약한 만큼의 시간을 우리는 더 의미 있는 일에 쓸 수 있을 것이라고 믿으며 열심히 새로운 테크놀로지를 사용해 시간을 절약해왔다. 만약 시간 절약 은행이라는 것이 있다면, 지금까지 절약한 시간에 이자가 붙어 우리는 웬만한 부자 부럽지 않은 시간 부자가 되어 있었을 게 분명하다. 하지만 현실을 돌아보면 어떤가. 그렇게 절약한 시간으로 우리는 정말 시간이 많아졌는가? 테크놀로지가 절약해주었어야 할 시간은 대체 어디로 사라져버린 것일까? 바로 그것이 문제다.

20세기를 대표하는 테크놀로지는 자동차다. 지금도 전 세계에서 매년 4000만 대의 신차가 생산되고 있으며, 미국에서는 매년 140억 달러의 광고비를 들여 자동차를 팔아치우고 있다. 그 자동차가 온 세상에 불러일으키는 제반 문제는 날로 심각해지고 있는데도 말이다. 길 위에서 일어나는 교통사고에 의한 사망자는 세계적으로 매년 88만 5000명. 대기오염 관련 질환으로 사망하는 사람의 연간 추정치는 300만 명. 그 밖에 지구온난화의 영향, 도로 혼잡에 따른 손실, 운동 부족으로 인한 비만 증가, 폐기물 증가, 도로 건설에 따른 환경 파괴…. 이루 다 열거할 수도 없을 정도지만, 여기서는 '자동차라는 테크놀로지가 절약해주었을 그 많은 시간은 대체 어디로 가버렸는가'라는 점만 생각해보기로 하자.

《자동차에 대한 사랑》이라는 문명 비판서를 낸 독일의 볼프강 작스는 그 점을 이렇게 설명한다.

A가 차를 산다. 이로써 이제까지의 통근, 아이들을 데려다주고 데려오는 일, 장 보러 다닐 때의 불편이 이로써 모두 해소된다. 즉, 이러한 용무를 더 빠르고 간단하게(더 짧은 시간과 적은 노력으로) 할 수 있게 되었다고 A는 굳게 믿는다. 그러나 자동차를 산 그가 이제부터 한숨 돌리며, 자동차 덕분에 여유로워진 시간을 여가로 유유자적 즐길 것인가 하면, 사실은 그렇지 않다. 자동차라는 편리한 물건이 생겼으니 그는 여기저기 더 바쁘게, 더 부지런히 드나든다. 지금까지 차가 없어서 가지 못했던 장소나 먼 곳까지도 서슴지 않고 가게 된다는 이야기다.

작스는 스피드가 매혹적이라고 말한다. 왜냐하면 그것은 사람에게 힘을 부여해주기 때문이다. 질주하는 자동차를 조종하는 일, 세계 어디에나 순식간에 이메일을 발송하는 일에는 시간과 공간의 제약을 뛰어넘었다는 도취가 있으며, 대자연의 주인이라도 된 듯한 쾌락이 있다는 것이다.

그리하여 A가 손에 넣게 된 스피드라는 힘은 이동하는 데 들여야 할 시간의 감소가 아니라, 더 먼 거리를 주파하는 데 쓰이게 될 것이다. 일상의 거리 감각은 순식간에 일변하게 되어, 불과 얼마 전까지도 먼 곳이라 여겨졌던 장소가 이제는 더 이상 먼 곳이 아니다. 또 역으로, 과거에는 수시로 걸어 다녔던 물리적으로 가까운 곳이 이제는 믿을 수 없을 정도로(그렇다고 해서 차로 가기에는 좀 멋쩍은) '먼 곳'으로 느껴진다.

60여 년 전에 자동차로 1년 평균 2000킬로미터를 달렸던 독일인의 경우, 현재는 1년 평균 1만5000킬로미터를 달린다고 한다. 자동차만 그런 것이 아니다. 온갖 신기술로 인해 '벌어들인 시간'이 이제 더 먼 거리로, 더 큰 출력 에너지의 출력을 말하는 것으로, 여기서는 시간을 절약해 결국 다른 에너지를 낭비한다는 뜻으로 쓰였다-편집자 주으로, 보다 많은 비즈니스 미팅으로 전환된다. 그러니 아무리 도로를 더 만들어도 교통 혼잡은 해소되지 않는다.

미국 대부분의 지역에서는 자동차 없이 살아가기가 매우 어렵다. 일본의 경우도 특히 시골에서는 점점 더 그런 추세가 되어 가고 있다. 마찬가지로 휴대전화나 컴퓨터가 없는 사람은 점점 더 살기 불편해지는 사회가 돼가고 있다. 어째서 그럴까? 그것은 새로운 제품을 사지 않으면 생활하기 어려운 방향으로 사회의 틀 자체가 바뀌어가기 때문이다.

이제 우리는 새로운 기술이 종래의 기술을 능가하거나 새로운 제품이 시장을 잠식하는 것을 자유 경쟁의 결과라고 너무 당연하게 믿어버린다. 정치학자 더글러스 러미스는 미국의 자동차 사회에 대해 이렇게 말한다.

"1920년대까지 로스앤젤레스는 세계 유수의 통근 전차가 다니는 거리였다. 그런데 그것을 자동차 회사가 매수해서 점차 전차를 줄여 이용하기 불편하게 만들어갔고, 마침내 적자로 만들어 이를 완전히 폐지해버렸다. 자동차 산업은 이와 동일한 방식으로 미국 전역의 철도와 지상 전차 회사를 매수해 자동차 문화를 만들어갔다. 이는 대단히 폭력적인 역사다."

덧붙여 일본의 사정을 언급하며 러미스는 이렇게 말했다.

"구 철도는 적자로 인해 국민의 세금을 쓰고 있다는 비난을 듣지만, 만일 닛산이나 토요타가 고속도로를 전부 만들고 이를 관리하고 있다고 가정해본다면, 과연 자동차 한 대 값은 얼마나 비싸지게 될까? 자동차가 편리하기 때문에 자연스레 자동차 사회가 된 것이 아니다. 그것은 정책적으로, 인위적으로 만들어진 것이다."

깊이 알기
이반 일리치, 《행복은 자전거를 타고 온다》, 사월의책, 2018년

이어 읽기
경쟁-어울림(68), 움직인다-머문다(151), 테크놀로지-아트(236)

천국으로 가는 지름길

-

요코하마

테크놀로지-아트

|

기계 없이도 살 수 있는
삶의 기술 회복하기

'기술'에 대해 생각해보려는 사람은 한 번쯤 이 말을 두 개의 다른 영어 어휘, 즉 '아트'와 '테크놀로지(혹은 테크닉스)'로 바꾸어보자. 왜냐하면 어느 틈엔가 우리는 기술이라고 하면 기술 혁신·과학기술·첨단 기술·IT 등의 테크놀로지만을 연상하게 돼버려, 삶의 기술로서의 '아트'에 대해서는 까맣게 잊고 있는 것 같기 때문이다. 이반 일리치에 따르면, 과거에는 지역과 공동체마다 '토속어'가 있었던 것처럼 각 지역에는 독자적인 '사랑하는 기술', '꿈꾸는 기술', '괴로워하는 기술', '죽음에 이르는 기술' 등이 있었는데, 근대화 과정에서 점차 쇠약해지다가 현재 세계화 속에서 숨통이 끊어질 위기에 놓였다고 지적한다.

예술이 전문가의 영역으로 한정되고, 테크놀로지 또한 특수교육을 받은 전문가들에 의해 좌지우지되고 있다. 어느새 기술은 '보통 사람들'로부터 분리되어 멀리 떨어진 곳으로 가버렸다. 우리는 어떤 의미에서는 기술을 이중으로 빼앗겼다고 할 수 있다. 기술 지상주의 '테크노크라시 Technocracy'가 지배하는 테크놀로지 만능인 이 시대에, 미디어가 만들어내는 수상쩍은 '아트'와 '아티스트'가 넘쳐나는 이 시대에 우리의 생활은 반대로 잔뜩 시들어 숨을 헐떡이고 있다.

생활의 기술인 아트를 되찾기 위해서는 테크놀로지에 의존하는 생활 태도에서 벗어날 필요가 있다. 그 방법으로 '플러그 뽑기'를 생각해보자. 오늘날에는 특정 기술이나 제품을 빼놓으면 기본적인 쾌락조차 생기지 않는 일이 너무도 많아졌다. 예를 들어 자동차가 없으면 여자에게 데이트를 신청할 수도 없고, 반주기가 없으면 노래를 제대로 부를 수도 없으며, 비디오 게임기와 휴대전화가 없으면 친구들과 사귀기도 쉽지 않다. 이처럼 쾌락을 배가시키는 기술과 기계는 삶을 풍요롭게 만드는 것처럼 보인다. 하지만 더글러스 러미스의 말처럼 역으로 그러한 기계나 기술에 의존하지 않고 쾌락을 느끼는 능력, 즐길 줄 아는 능력은 점점 떨어지고 있다.

플러그를 뽑는 일은 테크놀로지나 기계에 의존하지 않더라도 쾌락, 즐거움, 행복을 느낄 수 있는 삶의 기술인 '아트'를 회복하는 일이다. 그러한 의미에서 '언플러그'는 결코 금욕적이거나 소극적인 행위가 아니라, 대단히 적극적이고 쾌락주의적인 행위다.

깊이 알기
이반 일리치, 《성장을 멈춰라》, 미토, 2004년

이어 읽기
패스트 하우스-슬로 디자인(34), 플러그-언플러그(214), 비전화(219)

친환경 주택

|

땅에서 나고 땅으로 돌아가는
인생을 닮은 집

우리를 둘러싸고 있는 것은 대부분 대량 생산, 대량 소비, 대량 폐기되는 물건이다. 우리가 사는 집도 예외는 아니다. 주택 대부분 공업적으로 생산된 규격품을 조립해서 만드는 대체 가능한 개체로서의 집이다. 일본에서 연간 약 10만 호의 주택이 해체되고, 이 가운데 재료의 60%가 쓰레기로 폐기되는데, 이러한 주택 폐기물은 전체 산업 폐기물의 37%에 해당한다. 이를 보더라도 일본의 주택이 얼마나 환경 파괴적인 '패스트 하우스 Fast House'인지 짐작할 수 있다.

그렇다면 '슬로 하우스'란 대체 어떤 것일까? 그것을 생각하는 데 좋은 힌트가 되는 것이 '스트로베일 하우스Straw-Bale House'다. 이 집은 짚으로 만든 블록을 쌓아서 짓는다.

스트로베일 하우스는 최근 몇 년 사이 북미나 호주 등지에서 궁극의 친환경 주택으로 불리며 크게 각광받고 있다. 가장 큰 특징은 발군의 단열성이다. 일반적인 고단열 주택에 비해 두 배에서 세 배 이상의 단열성을 자랑한다. 내가 머물렀던 멜버른 근처의 스트로베일 하우스의 경우, 한겨울 바깥 기온이 5도일 때 실내 온도는 40도였다. 반대로 40도에 이르는 한여름 날씨에도 실내는 에어컨이나 블라인드 없이도 24도를 유지할 수 있다고 한다. 단열성과 함께 방습성·방음성도 뛰어나 에너지를 적게 소비하고도 쾌적한 생활이 가능해진다.

건설 단가 역시 상대적으로 싼 편이다. 주요 소재인 짚은 생산하는데 오랜 세월이 소요되는 나무와 달리 매년 식량 생산의 부산물로 얻어지기 때문이다. 게다가 논이나 밭이 있는 곳이라면 현지에서 조달할 수도 있다. 캘리포니아주에서는 최근까지 수확 후 볏짚을 소각 처리해왔으나 대기오염 방지법으로 인해 난관에 부딪치게 되자 이를 계기로 스트로베일 하우스를 주목하게 되었다.

내구성·내진성·방충성도 북미와 호주에서 검증을 거쳤으며, 이미 일부 주에서는 법적으로도 허가되었다. 화염 방사기에 의한 연소 실험에서도 난연성을 검증받은 바 있다.

또 건축 방법이 비교적 단순해서 전문가가 아니어도 쉽게 설계나 건설에 참여할 수 있다는 점 또한 스트로베일 하우스의 미덕이다. 내가 캘리포니아주에서 본 스트로베일 하우스는 대부분 설계와 시공 시 주인이 중심 역할을 맡았으며, 가족이나 친구들과 함께 짓고 있었다. 건설 중인 2층짜리 아치형 주택은 고에너지 소재인 시멘트 대신 돌을 쌓아 토대를 만들었으며, 나무도 거의 사용하지 않는 쪽으로 신경을 쓰고 있었다. 이 집 역시 주인이 주말을 이용해 직접 짓고 있었으며, 우기에는 건설을 중단했다가 건기가 되면 다시 재개하는 식으로 유유자적 집을 짓고 있었다.

지난날의 가옥이 그러했던 것처럼, 그리고 모든 동물의 보금자리가 그런 것처럼 스트로베일 하우스는 그 지역의 땅에서 난 자연 소재로 만들어지고 언젠가는 다시 그 땅으로 돌아간다. 스트로베일 하우스는 지극히 당연한 이 사실을 우리에게 다시금 일깨워주고 있다.

깊이 알기
슬로 디자인 연구회 (www.slowdesign.net)

이어 읽기
패스트 하우스-슬로 디자인(34), 생명 지역(109), 플러그-언플러그(214),
테크놀로지-아트(236)

스트로베일 하우스를 짓고 있는 모습

-

미국 캘리포니아

잡곡

맛도 좋고 영양도 좋고 환경에도 좋다는데…

'잡雜'이야말로 21세기의 중요한 키워드라는 게 내 생각이다. 잡초, 잡목림, 잡곡, 잡종…. 이 모든 것은 앞으로 1차 산업에서 재인식되어야 할 말이다. 특히 미래의 음식 문화에서는 잡곡을 빼놓고 이야기하기 어려울 것이다. 잡곡이 바로 일본 슬로 푸드의 주인공을 맡게 될 테니까 말이다.

'잡곡 복권' 운동 선두에 있는 오타니 유미코大谷ゆみこ는 미래에 합당한 음식 문화 양식을 '미래식'이라 부르고 있는데, 그 중심에 있는 것이 잡곡이다.

그다지 오래지 않은 과거에만 해도 전 세계에서 지역 식생활의 가장 중요한 먹거리였던 곡물은 어느 사이엔가 한구석으로 물러나 이제는 잡곡이라는 총칭 속에 한데 넣어져버렸다. 일본에서도 전후 백미주의白米主義 풍조 속에서 메밀 외에 피, 조, 수수와 같은 잡곡은 결핍의 대명사가 되어 경시되고 기피되다가 마침내 많은 이의 의식에서 사라지고 말았다.

242

그러나 오타니에 따르면, 일본에서는 조몬繩文 시대 새끼를 돌려 감아서 만드는 조몬식 토기를 표식으로 하는 일본의 신석기시대. 발생 시기는 확실하지 않으나 종말은 기원전 3세기 무렵이다-역주부터 다양한 잡곡을 재배했으며, 불과 십수 년 전까지만 해도 많은 지역에서 주식 작물로 이용했다. 잡곡은 수전·수답을 필요로 하지 않으며, 한랭지나 산간의 척박한 땅에서도 잘 자라고 보존성도 좋아 생태계에 대단히 포용적인 작물이라고 할 수 있다. 영양 면에서도 쌀을 능가해 인간의 생명 활동에 필요한 대부분의 성분을 지녔고, 면역력을 높이는 미네랄과 섬유질도 풍부하다. 잡곡은 쌀밥을 먹지 못하는 가난한 사람들이 어쩔 수 없이 먹는 거친 음식이라는 이미지가 있는데, 오타니는 이러한 생각이 전혀 근거 없는 신화라며, 실은 매우 맛있고 다양한 요리에 사용할 수 있는 뛰어난 먹거리라고 한다. 오타니가 '울퉁불퉁 요리'라 부르는, 잡곡을 응용한 다양한 창작 요리는 그녀의 주장을 훌륭하게 증명해 보인다.

잡곡이 폄훼된 것은 일본만이 아니다. 각 나라와 지방이 근대화 과정을 거치면서, 그리고 지금과 같은 세계화로 인해 한층 더 균질화되어가는 과정 속에서 세계는 쌀과 밀, 옥수수라는 세 가지 곡물로 온통 뒤덮이려 하고 있다. 게다가 농업은 점점 더 공업화되고, 생산자는 종자를 공급하는 다국적기업에 더욱 의존하게 되면서 농산물은 국제시장에 지배당하게 되었다. 각 지역의 생태계 속에서 전통 농업으로 유지되고 길러진 종자의 다양성은 급속히 사라지고, 식생활은 날로 비슷해진다.

이탈리아의 슬로 푸드 운동이 절체절명의 위기에 처한 먹거리를 구해내자고 '노아의 방주 프로젝트'를 제창한 것처럼, 오타니는 지역의 전통적 식생활의 중심이었던 잡곡을 다시 한번 일상의 식탁으로 돌려보내자는 '국제 잡곡식 포럼' 운동을 펼치고 있다.

전통적인 잡곡식의 부활은 세계 각지의 식량문제를 해결하는 데도 커다란 도움이 된다. 특히 육식을 줄이고 잡곡식이 늘어나면 지금보다 훨씬 더 많은 식량을 확보할 수 있고, 기아, 남북 격차, 물 부족 해소에도 큰 도움이 될 것이라는 지적이다.

이어 읽기

이와테현은 '곡물의 왕국'

–

이와테현 하나마키

육식

꼭 먹어야 한다면 줄이기라도 하자

　　나는 몇 년 전 설날 아침부터 쇠고기를 먹지 않기로 했다. 광우병 때문에 그런 것이 아니다. 가장 큰 이유는 환경 활동을 위해 중남미에 다녀오면서, 그곳의 열대림이나 아열대림의 대규모적인 파괴가 바로 쇠고기 생산을 위한 목초지 조성으로 인해 비롯되었음을 직접 보고 왔기 때문이다. 나는 전부터 이렇게 생각해 왔다. 제3세계에서 환경운동에 참여하는 사람은 우선 선진국에 사는 스스로의 삶의 모습을 되돌아보고, 자신부터 '일상의 감속 운동'을 해야 한다고 말이다. 세계 인구의 20%에 해당하는 북반구 사람들이 쓸데없이 빠른 삶을 유지하고 더 한층 가속시키기 위해 전 세계에서 소비되는 자연 자원의 80%가량을 소비하고 있기 때문이다.

　　식육 최대 소비국은 미국인데, 최근 육식 문화는 각지의 전통적인 음식 문화를 몰아내며 전 세계로 급속히 퍼져나가고 있다. 심지어는 육식이 근대화와 풍요의 상징이라도 되는 것처럼 여기는 사람도 많다. 이러한 사태의 경제적 배경은 일단 접어두고, 여기서는 그것이 초래한 환경문제만을 살펴보기로 하자.

세계 식육 생산량은 과거 50년 사이 다섯 배 이상 증가했으며, 그 증가세는 인구 증가율을 약 두 배 이상 상회하고 있다. 그 결과 세계 인구 한 명당 연간 식육 소비량은 17킬로그램에서 38킬로그램으로 증가했다. 세계 대두 생산량은 지난 50년간 아홉 배로 증가했으나, 그것은 가축과 가금의 사료 수요가 늘어났기 때문이다.

체중 1킬로그램을 늘리기 위해 사육장의 소는 약 7킬로그램, 돼지는 4킬로그램 남짓, 닭은 2킬로그램의 사료가 필요하다고 한다. 두말할 필요도 없이 사료에는 그것을 생산하기 위한 물이 필요하다. 한 연구 조사에 따르면, 닭고기 1킬로그램에는 4900리터, 돼지고기 1킬로그램에는 1만 1000리터, 쇠고기 1킬로그램에는 무려 10만리터의 물이 필요하다. 이에 비해 쌀 1킬로그램을 수확하는 데는 5100리터, 밀은 3200리터, 옥수수는 2000리터, 대두는 3400리터의 물이 필요하다.

여기서 생각해보아야 할 점은 일본의 식료품 수입 사정이다. 무역 통계에 따르면, 2001년 식량 수입액은 430억 8100만 달러에 달한다. 최대 수입 상대국은 미국으로 26.5%, 이어 중국 14.1%, 호주 7%, 캐나다 6%, 태국 5.5% 순이다. 미국에서 주로 수입하는 것은 고기와 곡물인데, 곡물의 경우 옥수수·대두·밀이 대부분이다. 특히 옥수수와 대두는 총수입량의 7할을 넘어서는데, 대부분 사료용으로 소비된다.

일본의 식량 자급률은 40% 수준이라고 하는데, 사실 이 이상하리

만큼 낮은 수치는 '푸드 마일리지Food Mileage'의 이상하리만큼 높은 수치와 표리 관계에 있다. 푸드 마일리지란 자신의 식탁에 놓인 음식물이 얼마나 멀리서부터 운반되었는지를 나타내는 지표로, 자신들의 식생활이 얼마나 환경에 부담을 주는지를 보여준다.

예를 들어 북대서양에서 잡은 참치는 7000킬로미터, 호주산 쇠고기는 5000킬로미터의 거리를 석유로 움직이는 다양한 이동 수단에 의해 운반된 것이다. 일본의 푸드 마일리지는 약 5000억(톤/킬로미터)인데, 이는 2위인 한국의 1500억과 3위인 미국을 훨씬 능가하는 수치다. 그 가운데 미국으로부터 발생한 푸드 마일리지가 3분의 2를 차지한다.

세계는 지금 60억 인구 가운데 12억 명가량이 기아와 식량 부족에 시달리고 있으며, 이와 거의 같은 수의 사람이 영양 결핍과 비만으로 고생하고 있다. 또 곡물 증산의 그늘에서는 토양 침식이나 물 부족 현상이 날로 심각해지고 있으며, 그것이 분쟁과 전쟁의 원인이 되기도 한다. 육식 1인분의 단백질은 채식 20인분의 단백질과 맞먹는 것이라고 한다. 동물성 단백질을 필요 이상으로 과도하게 섭취하고 있는 것이다. 이렇게 볼 때 자신의 식생활이 환경 파괴와 세계의 불안정화를 가속하는 결과로 이어지고 있음을 우리는 이제 심각하게 돌아볼 필요가 있다.

그러나 지속 가능한 음식 문화로 전환하는 것은 일본인에게는 비교적 쉬운 일이 아닐까 싶다. 그리 머지않은 과거를 돌아보더라도, 동물성 단백질에 과도하게 의존하지 않은 곡물 중심의, 또한 푸드 마일리지가 매우 낮은 식생활의 전통이 풍요롭게 펼쳐져 있다.

육식 예찬의 이데올로기에서 벗어나 전통적인 음식 문화를 되찾는 일은 식량 자급률을 상승시킬 뿐 아니라 건강에도 좋다는 데 대부분의 과학자와 전문가들이 일치된 견해를 보이고 있다. 레스터 브라운은 불안정하게 변해가는 세계를 안정화하는 방법으로, 선진국의 잘사는 사람들이 '먹이사슬의 더 낮은 레벨로 내려갈 것'을 제안하면서, 그것이 바로 "자기 자신의 건강뿐 아니라 지구의 건강을 개선하는 데도 큰 도움이 된다"라고 말한다.

깊이 알기

존 로빈스, 《육식-건강을 망치고 세상을 망친다》, 아름드리미디어, 2000년

제레미 리프킨, 《육식의 종말》, 시공사, 2002년

이어 읽기

슬로 푸드(48), 생산한다-기다린다(53), 농업-농사(58), 잡곡(242), 페어 트레이드(270)

슬로 비즈니스

바쁘지 않아도, 빠르지 않아도 잘 팔린다

영어에서 사업Business이 '느리다'라고 하면, 그것은 '경기가 나쁘다', '순조롭지 못하다', '장사가 안 된다'라는 것을 의미한다. 본래 비즈니스라는 말 자체가 Busy·ness이니, '바쁨'은 태생적인 속성인지도 모른다.

한정된 시간 안에 '얼마나 큰 이익을 남겼느냐'가 비즈니스의 주요 관심사다. 비즈니스란 시간과의 싸움이며, 본질적으로 가속의 성질을 지녔다. 그리고 그 비즈니스에 봉사하는 과학기술 또한 '더 빠르게'라는 구호가 늘 따라다닌다. 이러한 경쟁 속에서 윤리적·사회적 관심이나 환경에 대한 배려는 부차적인 것이 될 수밖에 없으며, 때로는 비즈니스의 장애물로까지 여겨진다. 사회에서 환영받는 비즈니스맨이란 "비즈니스는 어디까지나 비즈니스"라고 잘라 말할 줄 아는 사람이다.

하지만 이러한 '상식'에 의문을 제기하는 기업이 세계 곳곳에서 나타나고 있으며, 그 저변 또한 느리지만 차근차근 넓어지고 있다. 유럽에서는 스웨덴 의사 칼 헨리크 로베르가 만든 '내추럴 스텝'이라는 환경 교육 프로그램이 많은 기업에 커다란 영향을 주었다. 미국에서는 폴 호켄을 비롯한 여러 사람이 '내추럴 스텝' 미국판을 구상해 일련의 친환경 비즈니스를 창출하는 데 성공을 거두었다. 호켄의 명저 《비즈니스 생태학》을 읽고 감명을 받은 카펫업계 큰손인 인터페이스사의 레이 앤더슨 사장은 회사 전체를 친환경 비즈니스 시스템으로 전환해 현저한 성과를 거두고 있다. 착실하게 성장해온 이 회사는 이제 친환경 비즈니스의 세계적인 모델이 되었다.

일본에서도 느리고 친환경적인 비즈니스를 지향하는 움직임이 활발해지고 있다. 지금껏 대기업과 중견 기업의 녹색화 노력이란 대부분 수익의 일부를 사회에 환원해 '좋은 일'에 쓰는 것을 의미했다. 그러나 지금 많은 기업가가 오히려 사회와 환경에 좋은 일을 하기 위해 비즈니스를 만들어내고 있다.

2002년 여름, 나는 호켄이 사는 캘리포니아 자택을 방문한 적이 있다. 그때 나는 젊었을 때부터 여러 가지 사업을 해온 그에게 "비즈니스를 좋아하느냐?"고 물어보았다. 그러자 그는 좋아서 하는 게 아니라고 말하며 이렇게 덧붙였다. "당신도 길이 좋아서 걸어가는 것은 아니지요?" 호켄은 비즈니스를 어딘가에 도달하기 위해 유효한 것으로, 때로는 필수 불가결한 수단으로 여기고 있을 뿐이었다.

이어 읽기

에코 이코노미(204), 페어 트레이드(270)

뺄셈의 발상

덧셈은 시시하다, 뺄셈은 짜릿하다

더글러스 러미스는 '덧셈의 진보' 대신에 '뺄셈의 진보'를 제창하고 있다. 기술의 진보를 예로 들면 이렇다. 우리는 기계·기술에 점점 더 의존하면서 종속되었고, 그 결과 인간으로서의 능력은 위축되었다. 그리고 사람들과의 관계나 자연과의 관계는 점점 더 좁고 얕아졌다. 이 기계가 없어서 이것을 못하고, 저 기계가 없어서 저것을 못한다는 식으로 말이다. 이에 대해 러미스는 '물건을 조금씩 줄여가면서 그러한 물건이 없더라도 태연한 사람이 되어보는 게 어떠냐'고 묻는다.

인간의 능력을 대신해줄 기계를 줄이고, 인간의 능력을 신장시킬 수 있는 도구를 늘리자. 텔레비전을 켜고 '문화'를 보는 것이 아니라, 자신의 집에서 스스로 문화를 창조하자. 즉, 문화의 본래 뜻인 스스로 사는 것을 즐기는 능력을 되찾자는 것이다.

생활의 간소화라든가 절약이라는 뺄셈은 경제성장이라는 덧셈에 길들여진 사람에게는 소극적이고 뒷걸음질치는 행위처럼 느껴질지 모른다. 하지만 러미스에 따르면, 이것이야말로 인간 본래의 쾌락과 풍요로움을 지향하는 적극적이고 진취적인 사고방식이다. 그는 또한 '시간이 돈'이라는 말을 뒤집어서 '돈이 시간'이라는 발상으로 전환하자고 제안한다. 즉, 시간을 돈으로 환산하는 이제까지의 사고방식을 버리고, 돈을 줄이더라도 느긋하고 인간다운 시간을 되찾자는 것이다.

분명 인간다운 시간, 인간다운 삶의 속도가 있을 것이다. 그것은 본래 여유롭고 넉넉했을 터다. 그러한 시간을 문화라 부를 수 있지 않을까?

캐나다의 〈애드버스터Adbuster〉 캐나다의 문화 운동 네트워크이자 잡지. 사회운동가 칼레 라슨이 설립했다 - 역주는 '경제학자는 뺄셈을 배우자'라는 슬로건을 내걸고, 이렇게 호소하고 있다.

경제학자들은 오랜 시간 한 나라의 경제 상태를 GDP로 측정할 수 있다고 여겨왔다. 실제로 그럴 수 있을까? 산림이 벌채로 인해 사라져갈 때마다 GDP는 올라간다. 석유가 새어나갈 때마다 역시 GDP는 올라간다. 누군가 암 선고를 받을 때도 GDP는 올라간다. 이것이 진정으로 경제적인 진보를 측정하는 방법이라고 할 수 있을까? 경제학자들은 뺄셈을 배우자.

우리 '선진국'에 사는 현대인 모두가 뺄셈을 연습하는 것이 좋을 듯하다. 탈脫댐으로 댐을 뺄셈하자. 환경을 파괴하고 제네콘General Contractor 일본 전체 60만 개의 건설업체 중 50대 대형 건설업체의 컨소시엄 - 역주의 배를 불릴

뿐인 무익한 공공사업을 뺄셈하자. 에너지 절약 라이프스타일과 자연 에너지 추진으로 원자력발전소를 뺄셈하자. 돈벌이와 패권을 위한 전쟁을 뺄셈하자. 그리고 그 뺄셈의 교과서이기도 한 헌법 제9조 일본 헌법의 전쟁 포기·전력戰力 불보유·교전권 불인정 등의 조항을 말한다. 제2차 세계대전 후 맥아더 장군의 지시로 작성되었다 -역주 를 지키자.

'ZOONY'라는 말을 아는가? 아마도 모를 것이다. 왜냐하면 내가 만든 말이니까. '~하지 않고'의 '~않고' 일본어로 '즈니ずに'라고 발음된다. 저자는 영어의 니즈 Needs(필요, 욕구라는 뜻)의 발음 순서를 뒤집어 뺄셈의 철학을 상징하는 신조어를 만들었다 -역주에서 따온 말이다.

예를 들어 '자동판매기를 사용하지 않고 물통을 갖고 다닌다', '나무젓가락을 사용하지 않고 자신의 젓가락을 가지고 다닌다', '전기를 켜지 않고 촛불을 켠다'라고 하자. 여기서 물통·젓가락·촛불 등은 모두 나의 '즈니 물건', 즉 나의 뺄셈을 가능케 하는 도구다.

'~하지 않고' 바로 뒤에는 '그럼 어떻게 하지?'라는 상상과 창조가 뒤따른다. 지금까지 '이것은 반드시 필요하다'든가 '저것 없으면 못 살아'라고 생각하면서 굳게 믿어왔던 것들을 하지 않고 대안을 찾아낸다. 뺄셈은 그처럼 가슴 두근거리는 가능성의 세계를 열어준다.

이어 읽기
슬로 라이프(15), 비전화(219), 자동판매기-물통(227), 슬로 비즈니스(250)

나의 생각을 가능한 한 분명히 하기 위해서

내 일에서의 기술적 혁신에 대한 기준을 말해야겠다.

그것은 다음과 같다.

첫째, 새로운 연장은 먼저 것보다 값이 싸야 한다.

둘째, 그것은 적어도 먼저 것만큼 크기가 작아야 한다.

셋째, 그것은 먼저 것보다 분명히 그리고 현저하게 나은 일을 해야 한다.

넷째, 그것은 먼저 것보다 에너지를 적게 써야 한다.

다섯째, 가능하면 그것은 신체의 에너지 같은

일종의 태양에너지를 써야 한다.

여섯째, 그것은 필요한 연장만 있으면 보통의 지능을 가진 사람이

고칠 수 있어야 한다.

일곱째, 그것은 가능한 한 집 가까이에서 사고 고칠 수 있어야 한다.

여덟째, 그것은 조그만 개인 소유의 공장이나 상점에서 나온 것으로,

건사하거나 수리하기 위해 그곳에 되가져갈 수 있어야 한다.

아홉째, 그것은 가족관계나 사회관계를 포함해

이미 있는 좋은 것을 대신하거나 파괴하지 말아야 한다.

웬델 베리, '나는 왜 컴퓨터를 안 살 것인가' 중에서, 《녹색평론선집 1》

컬처 크리에이티브

|

다른 삶을 원하는 사람은 생각보다 많다

20세기에서 21세기에 이르는 갈림길에서 다가올 시대의 모습을 시사하는 새로운 말이 생겨났다. '컬처 크리에이티브', 직역하면 '문화를 창조하는 사람들'로 나는 이들을 CC라 부르고 있다.

2000년에 출판된 《문화 창조자들Cultural Creatives》에서 저자인 폴 레이와 셰리 앤더슨은 이렇게 말했다.

"미국 한복판에 프랑스 정도의 독립국이 나타난다면 아마 큰 소동이 벌어질 것이다. 하지만 지금 일어나고 있는 일은 그에 뒤지지 않을 만큼 중대한 일인데도, 아직 아무도 그것을 알아차리지 못하고 있다."

이제까지의 미국 사회는 두 개의 상이한 가치 체계가 대립하면서 공존해왔다. 주축을 이루는 두 개의 가치는 근대주의와 그 대항 축인 전통주의다. 전자는 산업 시대를 구축한 사상으로, 정치·미디어·교육·산업 등 현대사회의 주요한 영역 거의 모두를 지배하고 있다. 근대주의는 너무 넓고 깊게 침투해버린 탓에 사람들은 그것을 특정 세계관이라거나 가치관이라고 생각하지 못하고, 그저 공기처럼 당연하고 '필연적인 것'으로 느끼고 있다. 한편 전통주의는 '오래돼서 좋은 아메리카'라는 신화적 세계의 부활을 꿈꾸고 있다. 그들은 세속화하고 타락한 근대주의에 대항해 남자답고 자신감 넘치는 가부장 중심의 화목한 가족, 소박한 시골 마을의 공동체 의식, 경건하고 근면한 프로테스탄트의 나라라는 가치를 내세운다.

이러한 가치들에 대항해 히피 무브먼트, 플라워 칠드런Flower Children 1960년대 미국의 히피족으로, 특이한 옷차림 때문에 그렇게 불렸다-역주, 베트남 반전 운동, 공민권 운동 선거권, 피선거권을 갖고 정치에 참여할 수 있는 지위나 자격을 얻어내기 위한 운동-역주 등으로 대표되는 1970년대 전후의 저항 문화가 나타났으나, 그 숫자는 1980년까지 전체 인구의 3% 미만에 불과했다. 그러나 1990년대 중반 리바이스사가 10만 명, 500개 단체를 대상으로 실시한 대규모 사회 의식 조사 결과, 미국 성인의 대략 4분의 1이 이 근대주의나 전통주의와는 전혀 다른 의식과 가치관, 행동 패턴을 지닌 제3의 무리라는 사실이 밝혀졌다. 레이와 앤더슨은 이를 CC라 부른다. 기존 가치관에 반항하는 1970년대 히피 문화가 시간이 지나면서 독자적 가치관과 행동 패턴을 지닌 하나의 문화 흐름으로, 또 하나의 조류로 성숙·성장했다고 볼 수 있을 것이다.

CC의 세계관에는 다음과 같은 특징이 있다. 사회적인 지위보다 자기 실현, 외부의 평가보다 내면적인 성장, 금전보다 시간, 물질적인 만족보다 창조적이고 정신적인 경험, 결과보다 과정 중시, 그리고 환경문제나 커뮤니티에 대한 강한 관심과 관여.

　반면 CC가 거부 반응을 보이는 것에는 기존 종교의 편협성, 상업적 쾌락주의, 경제성장 지상주의, 대기업의 탐욕이 불러오는 생태계 파괴 등이 있다. 즉, 이제까지의 '성장 중심' 가치관에서 '성숙 중심' 가치관으로 전환하는 것을 의미한다고 볼 수 있다.

　그 수는 해마다 계속 늘어나서 이제는 5000만 명 이상, 미국 성인 인구의 약 3분의 1을 차지하는 것으로 추정된다. 불과 20~30년 사이에 이렇게 엄청난 조류를 이룬 CC지만, 극히 최근까지만 해도 그 존재를 알아차린 사람은 거의 없었다. CC를 일본에 처음 소개한 버나드 리테어에 따르면, CC가 눈에 잘 띄지 않는 것은 그들이 정당, 교단 등 조직이나 단체를 만들려고 하지 않기 때문에 서로 얼굴도 모르고 서로 만날 만한 장소도 없어서다. 또한 사회의 거울이어야 할 매스미디어를 근대화 집단이 거의 대부분 독점하고 있는 탓에 CC의 존재를 인식하기가 불가능한 것이다. 그리고 또 하나, 본인들이 CC라는 집단에 속해 있음을 알지 못하는 사람들이 대체로 CC라는 역설적인 이유 때문이다.

　소규모이긴 하지만 유럽에서도 이와 비슷한 의식 조사를 실시했으며, 미국과 거의 비슷한 비율로 CC가 존재한다고 보여진다. 아무튼, 이러한 CC가 다가올 세계적인 대변혁의 열쇠를 쥐고 있는 것만은 분명하다.

이어 읽기
방랑(24), 슬로 머니(92), 분발하지 않기-장애인(182), 뺄셈의 발상(252)

지역 통화

보이는 돈이 아니라 보이지 않는 돈

내가 환경 운동을 벌이고 있는 남미 에콰도르에는 신토랄이라는 통화가 있다. 경제 위기에 신음해온 에콰도르에서는 2년 전 정부가 반대 여론을 누르고 법정 통화를 미국 달러화로 전환하며 기존 통화인 수크레를 폐지했다. 서민층에서 시작된 신토랄은 극히 불안정한 수크레 경제 아래에서 자립하기 위한 통화 시스템으로, 달러화 이후 혼란 속에서 점점 빈곤해지는 서민 생활의 안정화 수단으로 착실하게 뿌리내려갔다.

지역 통화가 지금 전 세계의 화제로 떠오르고 있다. 특징은 법정 통화와 달리 이자가 붙지 않는다는 것. 에콰도르의 신토랄에도 이자가 없다. 눈에 보이는 사물로서의 지폐나 동전 대신 그저 소박한 수표의 주고 받기와 통장상의 대차 관계만이 존재한다. 이들은 얼굴이 보이는 관계를 중요하게 생각하므로, 각 그룹은 인원을 50명으로 제한한다. 이러한 그룹은 지역을 넘어 전국으로 네트워크를 넓히며 자유롭게 교역한다. 몇 개 지역에서 정기적으로 열리는 시장으로 사람들은 각 지역의 산물을 가져와서 신토랄을 매개로 물건들을 사고판다. 코타카치시에서 시장을 주재하고 있는 키추아족 사람은 내게 이렇게 말했다.

"예전에는 감자를 팔고 싶은 사람이 있고, 또 그것을 사고 싶은 사람이 있어도 달러가 없다는 이유로 거래가 이루어지지 않았다. 멀리 떨어진 미국에서, 알지도 못하는 사람들이 만들어낸 돈을 지금 여기에 갖고 있지 않다는 이유만으로 말이다."

하지만 '지금은 다르다'고 그는 덧붙인다. 신토랄은 자신이 사야 할 필요와 상대의 팔아야 할 필요가 일치하면 언제든 직접 발행할 수 있는 통화다. 예전처럼 상품을 헐값에 사들이며 농민 위에 군림하던 중개인들도 이제는 필요가 없다. 키추아족 대부분 농민인데, 이전에는 자신의 작물에 자신감을 갖지 못하고 늘 눈치만 살피던 이들이, 이제는 자신감을 되찾아 시장에 물건을 사러 오는 사람과 대등한 입장에서 거래한다. 신토랄을 사용하면서부터 커뮤니티에 활기가 넘치고 시장 분위기 또한 흥겨워서 흡사 축제 같다고 한다.

그는 예전에는 생활하는 데 일주일에 30달러는 있어야 했는데, 지금은 10달러면 족하게 되어 모두 만족스러워한다고 말한다. 여기에는 이른바 선진국에서 신봉하고 있는 '덧셈의 경제'를 뒤집는 '뺄셈의 경제'라는 멋진 발상이 반영돼 있다. 이제까지 우리는 일주일 생활비가 10달러에서 30달러로 바뀌는 것을 '진보'라 여겼다. 그리고 그것을 생활수준 상승이라 부르며 '발전'이라고 좋아했다. 한편 인구의 80% 이상이 빈곤층 이하인 남미의 작은 나라에서 진행 중인 대체 통화 실험에서는 30달러에서 10달러로 줄어드는 것을 진보라 여기고 있다.

신토랄이라는 통화 시스템을 고안한 교육 사상가 마오리시오 비르도는 이제까지의 '에코노미아Economia' 대신에 '에코시미아Ecosimia'를 제창하고 있다. 에코시미아라는 말의 철자 속에 들어 있는 부정의 'No'를 긍정의 'Si'로 바꾼 일종의 말장난을 통해 비르도는 이렇게 이야기하려는 것이다. 성장률로밖에는 말할 수 없는, 이제까지의 덧셈 경제는 대다수 사람의 생활과 자연환경을 희생물로 삼아야만 성립되는 '부정형의 경제'였다. 그러나 이제 문화와 자연의 풍요로움을 함께 누리는 동시에 그것을 지지하는 순환 공생형의 '긍정형 경제'가 요구되고 있다.

신토랄은 하나의 통화이지만, 우리가 알고 있는 '패스트 머니'가 아니라 '슬로 머니'다. 에코시미아, 그것은 약육강식과 경쟁의 경제가 아니라 여유로운 관계 속에서 서로를 살려나가자는 '살림의 경제'다. 생각해보면, 이것이야말로 경제라는 말 본래의 진정한 의미가 아니겠는가.

존 레논이 'Imagine'에서 노래했던 것처럼, 그러한 경제를 상상하는 힘을 우리는 먼저 몸으로 익혀야 한다. 지역 통화나 보완 통화, 대체 통화라 일컬어지는 '또 하나의 돈'은 그러한 상상력을 키우기 위해 필요한 도구라 할 수 있다.

이어 읽기

슬로 머니(92), 개발(96), 새로운 빈곤(100), 진보(176), 뺄셈의 발상(252)

500나마케를 쓰면 500엔어치 게으름을 피운 셈

'나무늘보 친구들' 모임의 통화인 '나마케'

에코 투어리즘
|
여행지의 시간을 내 시간으로 파괴하지 않기

요즘 에코 투어리즘Eco-Tourism이라는 말이 전 세계의 주목을 받고 있다. 에코 투어리즘추진협회에 따르면 여기에는 세 가지 목적이 있다.

첫째, 지역의 자연·역사·문화 자원의 보호

둘째, 지역 고유의 자원을 살린 관광

셋째, 지역 경제 활성화

이 세 가지를 동시에, 그리고 이들 중 어느 것 하나 희생시키지 않고 실현하는 것이 이들의 목표다. 이 세 가지가 서로 거리가 좁혀지면서 에코 투어리즘은 그 지역 산업으로 정착하게 되고, 지속 가능한 형태가 될 것이다.

나는 이 에코 투어리즘을 시간의 관점에서 생각해보고 싶다. 예로 들려고 하는 지역은 일본 에코 투어리즘의 선구자 격인 오키나와현 이리오모테섬이다.

지금 이리오모테섬은 리조트 개발을 둘러싸고 한창 술렁이고 있다. 섬 북서부 쪽에 한 대형 부동산 회사가 대규모 리조트 건설을 계획했고, 호텔 공사는 이미 시작되었다. 이 섬에서 유례를 찾아볼 수 없는 이 대규모 계획은 최대 인원을 수용했을 경우 알려진 것만으로도 고객과 종업원을 합해 100명에 이르는 사람들이 인구 200명 규모의 섬에 들어오게 된다.

이러한 리조트 개발을 섬 안팎에서 반대 운동을 벌이고 있다. 이 운동의 중심에 선 단체가 '이리오모테의 미래를 창조하는 모임'이다. 회장 이시가키 긴세이石垣金星에 따르면, 이 개발이 진행될 경우 섬의 자연과 문화는 회복이 불가능할 정도로 손상을 입게 된다.

첫째, 해변과 하구의 기수역汽水域 바닷물과 민물이 만나는 지역-역주에 들어서는 이 리조트는 생태계에 큰 부담을 줄 수밖에 없다. 둘째, 지금의 인구 규모로도 문제가 되고 있는 쓰레기와 분뇨 처리 또한 상황이 더 악화될 것이다. 그리고 물이 풍부한 이리오모테에도 물 부족 현상이 생겨날 것이다. 셋째, 외부로부터 유입되는 경제에 대한 섬 주민의 의존도가 심각해질 것이다.

이시가키가 무엇보다 염려하는 점은 이리오모테섬 고유의 시간이 파괴되는 것이다. 섬에는 조수 간만을 비롯해 자연의 리듬과 조화를 이룬 전통적인 생활 속도가 존재한다. 하지만 이제 리조트를 거점으로 한 대규모 관광산업과 함께 외부에서 유입된 산업과 경제의 시간에 의해 압도되고 파괴되어버릴 것이라는 점이다.

대규모 관광이나 리조트 개발을 통한 발전이라는 종래 모델에 대항해 이시가키를 비롯한 섬 사람들은 에코 투어리즘을 제창하며 실천해왔다. 그리고 그것은 이미 일본을 대표하는 에코 투어리즘 모델로까지 성장했다. 그러나 당면한 리조트 개발은 그러한 흐름에 역행하며, 이제까지의 성과를 모두 허사로 돌릴 수 있는 것이다.

이시가키는 이렇게 생각하고 있다.

에코 투어리즘이라는 말이 유행하면서 정작 그 알맹이는 잃어버리는 경우가 많다. 에코 투어리즘의 목적 가운데는 분명 지역의 경제적 발전이라는 측면도 있다. 그러나 돈벌이가 우선되어서는 안 된다. 가장 중요한 것은 어디까지나 자연환경과 전통적인 삶을 소중히 지키는 일이다. 100년, 200년 후의 자연과 삶을 담보하는, 지속 가능한 투어리즘이어야만 한다. 단기적인 경제 효과를 위해 자연과 문화를 희생시키는 방식은 자신의 목을 스스로 조르는 것과 같다.

관광은 외부에서 시간을 들여오는 일이다. 특히 대규모 관광객은 자신의 시간을 여행지로 들여와서 분주히 움직이며 돌아다니다가 자신의 시간을 가지고 그대로 돌아간다. 관광객에 의해 유입된 시간은 관광과 관련되어 생계를 꾸려가는 현지 사람들에게도 침투되면서, 그 장소에 본래 존재했던 시간을 무너뜨린다. 1년 중 절기마다 벌어지는 수많은 축제와 행사도 관광의 도구로 전락하기 쉽다. 그렇기에 관광산업은 어디까지나 부수적이어야 하지, 그 자체가 주가 되어서는 안 된다. 농업이 중심이 되어 산과 바다에서 식량을 얻는 전통적인 삶의 기반 아래, 그 나머지 시간을 활용해 관광업과 연계해야 할 것이다.

자연과 더불어 전통문화의 유장한 시간을 소중히 하는 투어리즘. 따라서 에코 투어리즘이란 '슬로 투어리즘'이다. 그것은 자연환경을 보호하는 동시에, 문화를 지키는 일이라는 것이 이시가키의 생각이다.

여행자에게서도 커다란 변화의 조짐이 발견된다. 짜 맞춘 일정에 따라 여기저기 쫓아다니다가 결국 지쳐서 돌아가는 '패스트 투어리즘'에 질려버린 사람이 늘고 있다. 이리오모테섬 특유의 유유자적한 시간에 빠져보기를 이시가키는 바라고 있다. 나무 밑에 앉아서 멍하니 섬의 바람을 맞아보는 시간을 갖는 것은 어떨까? 가능한 한 아무 일도 하지 않는다는 '뻴셈'도 에코 투어리즘의 중요한 방식이니까.

아무것도 하지 않고 그저 섬의 바람을 맞는 것도 에코 투어리즘

-

이리오모테섬의 이시가키 긴세이

페어 트레이드

|

남과 북이, 시골과 도시가,
자연과 인간이 공정한 무역

사람들은 이제껏 '무역을 통해 나라와 지역이 서로 부를 교환하고 나누어 공존공영의 세계로 들어갈 것'이라고 굳게 믿어왔다. 하지만 무역 자유화와 세계화 경제가 진행될수록 부강해지는 나라와 지역, 그리고 빈곤과 환경 파괴에 허덕이는 나라와 지역 간의 격차는 더욱더 벌어지고 있다. 그 가운데 무역의 불공정성을 묻는 목소리가 세계 곳곳에서 들려오고 있다.

이제까지 선진국 기업은 입지가 취약한 원료 생산국으로부터 헐값에 물건을 몽땅 사들여서, 북반구 시장에서 비싸게 값을 매겨 팖으로써 거액의 차익을 챙겨왔다. 그러한 과정에서 남반구 경제를 점점 더 선진국에 의존적이고 가격 변동에 취약한 상태로 만들었다. 또 광산 개발이나 플랜테이션 서양인이 자본과 기술을 제공하고 원주민 이주 노동자의 노동력을 이용해서 단일 경작을 하는 기업형 농업 경영-역주과 같은 대규모 단일 재배 농업 등은 생산지에 심각한 환경 파괴를 초래했다.

이에 맞서 선진국과 제3세계, 이른바 북반구와 남반구 사이의 공정한 상거래를 제창하는 페어 트레이드 운동이 영국에서 시작됐다. 이는 1990년대 후반 이후 일본에도 확산되어 대도시권을 중심으로 새로운 비즈니스로 그 시장이 조금씩 넓어지고 있다.

'트레이드'는 교환, 교역, 무역을 뜻한다. 그리고 '페어'는 '공정한'으로 번역된다. 하지만 여기서 한 걸음 더 나아가 생각해보자.

남미에서 무농약·유기농 커피의 공정 거래에 관한 국제회의에 참석했을 때의 일이다. 나는 회의장 연단 위에 '메르카도 후스토Mercado Justo'라고 커다랗게 적힌 스페인어를 보며 위화감을 느꼈다. 영어의 '공정 거래'가 여기서는 '올바른 시장'으로 번역되어 있었다. 스페인어 Justo는 영어의 Just, 즉 정의를 나타내는 Justice의 형용사다.

나는 이 '정의'라는 말을 별로 좋아하지 않는다. 왜냐하면 전쟁에서 싸우는 사람들조차 자신들의 정의를 주장하기 때문이다. 그래서 이 말은 이미 잔뜩 피로 물들어 있다. 그러한 관점에서 본다면 '공정한'이라는 표현이 훨씬 낫다. 전쟁을 하는 사람은 적어도 자신의 전쟁이 '공정하다'고 말하지는 않을 것이다. 자기들이 정의롭다고 주장하는 전쟁에서, 실은 얼마나 많은 비열한 전술과 책략이 사용되는지 알기 때문이다.

'올바른Just'이라는 말이 '나야말로 옳다'는 식의 주관적인 가치를 나타내는 데 비해 '공정한Fair'이라는 말은 '자신과 상대'의 관계에서 발생하는 가치를 나타내는 말이다. 예를 들어 A와 B 사이에 협상이 이루어지려면 쌍방이 공정한 가격이라고 생각해야만 타협이 가능하다. 그렇다면 '트레이드'는 본래 쌍방이 '페어'라고 생각함으로써 이루어지는 것인데, 굳이 이것을 페어 트레이드라고 말하는 것은 역설적이다. 페어 트레이드라는 말의 출현은 현대의 무역이나 교역이 얼마나 불공정한 것인지를 역으로 드러내고 있다.

그런데 이 공정한 교역은 무엇과 무엇 사이의 공정함을 말하는 것일까? 일본 커피 시장에서 공정 교역의 개척자인 나카무라 류산에 따르면, 이는 생산자와 소비자, 남반구와 북반구, 가난한 나라와 부유한 나라, 시골과 도시 같은 인간의 상호 관계에 국한되지 않고, 자연과 인간 사이의 '공정함'이 무엇보다 중요하다. 인간의 형편에 따라 생태계를 위협하는 교역은, 설령 그것이 생산자와의 합의 아래 행해진 것이라 해도 공정한 것이 아니다.

이 점은 더 나아가 지금 살고 있는 세대와 미래 세대 간의 공정함 역시도 중요하게 여겨야 한다는 사실을 일깨워준다.

커피의 경우는 어떨까? 최근 커피의 과잉 생산으로 가격은 기록적인 저가 상태를 면치 못하고 있으며, 선진국의 커피 소비가 늘고 있음에도 생산자는 원가에도 못 미치는 낮은 수입에 허덕이고 있다. 60개국 이상의 가난한 '남쪽' 생산국에서는 커피 농민의 난민화가 잇따르고 있다. 결국, 상황은 점점 더 '북쪽' 구매자에게 유리하게 돌아가면서 몇몇 다국적기업만이 커다란 이익을 올리고 있다.

생산지의 농약 피해도 심각하다. 한 통계에 따르면, 오늘날 제3세계에서는 농작물 재배에 사용하는 농약 때문에 연간 약 300만 명이 병원에 입원할 정도로 농약 중독 증세를 보이고 있으며, 사망자만도 수만 명에 이른다. 또 선진국 소비자를 위한 농작물을 생산하는 플랜테이션이 전세계 곳곳에서 산림 벌채와 토양침식을 비롯한 생태계 파괴로 이어지면서 지역민의 생활 기반을 위협하고 있다.

나카무라는 더 이상 페어 트레이드라는 말이 필요치 않은 시대가 왔으면 좋겠다고 말한다. 페어 트레이드는 그런 시대를 목표로 하고 있다.

이어 읽기
농업-농사(58), 남북문제(178), 에코 이코노미(204), 슬로 카페(275)

커피꽃, 무농약·유기농 커피 재배로 광산 개발을 저지한다.

에콰도르 인타그

슬로 카페

|

차 마시고 수다 떨며
세상에 느리게 딴지 걸기

1960년대부터 1970년대 초에 걸쳐 도쿄에서 청춘 시절을 보낸 내게 다방이나 카페는 흡사 도회라는 사막 안에 자리한 오아시스처럼 느껴졌다. 그 무렵을 떠올리면 나는 다방에서 살았다는 기분마저 든다. 간단한 스낵과 커피, 음악을 즐기고, 책·잡지·신문을 읽고, 편지나 시, 문장 따위를 쓰고, 사람을 기다리고, 토론하고, 잡담하고, 사랑을 이야기하고, 쉬고, 잠시 졸고, 멍하니 앉아 몽상에 잠기기도 하던 장소였다. 1970년대 중반 나는 교토에 살면서 찻집에서 일한 적이 있는데, 그때 그곳은 근처 장인들과 마을 공장의 노동자들, 술집에서 일하는 여성들이 모이던 커뮤니티의 중심이었다. 동시에 그들 각자의 오피스이자 대합실이었고, 휴게실이자 사교장이었으며, 심지어 거실이었다고도 할 수 있다.

그로부터 20~30년 사이 일본의 찻집 문화는 쇠퇴 일로를 걷고 있는 것으로 보인다. 여러 이유가 있을 테지만, 그중 하나는 찻집 자체가 도시

공간의 활용법으로는 너무 비효율적이라는 점을 꼽을 수 있을 것이다. 느긋한 시간을 보낼 수 있는 공간을 제공해야 한다는 점 자체가 격전을 치러야 하는 경쟁 속의 비즈니스로서는 이미 부적당했던 것일지도 모른다.

하지만 최근 수년 사이 다시 일어난 카페 붐을 우리 세대 입장에서 보면, 예전의 다방 같은 공간이 재현된 것처럼 느껴진다. 예전의 다방 문화를 전혀 모르는 젊은이들이 카페 공간을 내 것처럼 점령해서 아주 친숙하고 익숙하게 활용하는 모습을 보노라면 마치 젊은 날의 나를 보는 것 같은 느낌조차 든다. 여유로운 시간을 보낼 수 있는 장소에 대한 바람은 사그라지지 않았을 뿐 아니라, 오히려 점점 더 강해지고 있는 것 같다.

나는 중남미에서의 환경 운동을 계기로 무농약·유기농 커피의 공정 교역에 관여하게 되었고, 마침내 친구들과 어울려 환경 공생형 카페를 열었는데, 우리는 거기에 '카페 슬로'라는 이름을 붙였다. 그리고 그러한 경험을 통해 세상에는 이와 비슷한 생각을 갖고 카페나 레스토랑 혹은 바를 운영하고 있거나, 앞으로 만들고 싶어 하는 사람이 적지 않다는 사실도 알게 되었다. 즉, 카페란 하나의 사회적 조류이며, 운동이기도 한 것이다.

우리가 지향하는 카페의 특징을 열거해 정리한 것이 '슬로 카페 선언'이다. 이를 기본 콘셉트로 앞으로도 새로운 슬로 카페를 세상에 내놓는 일에 일조할 수 있었으면 하는 것이 나의 바람이다.

슬로 카페 선언

무엇보다 슬로 카페는 유기적Organic 카페입니다.

무농약·유기농 커피 보급을 통해 '남쪽' 생산자의 지속 가능한 지역 만들기, 그리고 소비자의 건강한 식생활에 기여하는 것을 목표로 합니다.

무엇보다 슬로 카페는 페어 트레이드 가게입니다.

환경을 파괴하고 빈부의 격차를 확대하는 일방적인 세계화 대신 생산자와 소비자, 도시와 농촌, '남'과 '북', 지금 세대와 미래 세대, 사람과 다른 생물 간의 공정한 관계를 목표로 합니다.

무엇보다 슬로 카페는 슬로 푸드를 만듭니다.

안전하고 신선한 재료를 사용해서 직접 만든 맛있는 음식을 천천히 즐길 수 있는 장소를 목표로 합니다.

무엇보다 슬로 카페는 슬로 머니를 사용합니다.

이자가 발생하지 않는 통화로서 지금 전 세계에서 주목받고 있는 지역·대체 통화를 받아들여 공정하고 활기찬 지역 경제를 만들어가는 것을 목표로 합니다.

무엇보다 슬로 카페는 정보 카페입니다.

환경문제, 남북문제를 비롯한 다양한 정보 교환의 장, 그리고 음악·영화 등 표현 활동의 장이 되기를 희망합니다.

무엇보다 슬로 카페는 슬로 비즈니스를 꿈꿉니다.

투자, 기업, 판매, 소비 등 사람들의 경제활동을 통해서 즐거움, 아름다움, 편안함 등의 가치를 사회에 되돌리기 위한 사업을 목표로 합니다.

무엇보다 슬로 카페는 느림보 라이프스타일을 지향합니다.

다가오는 환경 위기란 다름 아닌 우리 자신의 문화 위기이며 라이프스타일의 파탄이라고 생각해 자연과 인간, 인간과 인간 사이의 근본적이고 친환경적인 관계에 기초를 둔 마음 넉넉한 생활 문화를 제안합니다.

슬로 카페는 '나도 이런 카페를 하고 싶다'고 생각하는 사람들을 진심으로 응원합니다.

깊이 알기

카페 슬로 (www.cafeslow.com)

슬로 워터 카페 (www.slowwatercafe.com)

이어 읽기

슬로 푸드(48), 플러그-언플러그(214), 페어 트레이드(270)

짚을 쌓아 카페 내부를 꾸미는 친구들

-

도쿄, 카페 슬로

대체 의학

|

내 안에 있는 생명의 텃밭은
내가 가꾸어야 한다

현재 인류의 절반에 해당하는 도시 인구가 금세기 중반에는 3분의 2 이상이 된다고 한다. 인간은 점점 더 자연에서 멀어져 인공적인 환경 속에서 살게 된다. 따라서 우리의 자연관이나 인간관도 크게 달라지지 않을 수 없다.

대도시의 콘크리트 정글에서 사는 사람들에게 신체는 이른바 최후의 대자연이다. 점점 심각해지는 환경 위기가 이제까지 우리가 대자연과 맺은 조화롭지 못한 관계의 결과라고 한다면, 남겨진 대자연인 신체는 이 불행한 관계를 회복할 최후의 기회이자 희미한 희망의 빛이라고 할 수 있다. 인류학자 다케무라 신이치의 말을 빌리면 '슬로 메디신Slow Medicine'이란 그러한 내적 자연을 발견해나가는 다양한 길이다.

근대 서양의 과학 사상은 자연 전체를 하나의 기계로 봄으로써 그것이 작동하는 법칙을 발견하려고 노력해왔다. 그리고 이러한 발상에 기초를 둔 현대의학은 신체를 기계와 같은 메커니즘으로 여겨왔다. 대체 의학에 밝은 침구사이자 번역가인 우에노 게이이치上野圭一에 따르면, 이런 단순화는 의료를 과학으로 발전시키기 위해서는 편리했지만, 신체·정신·영성이라는 세 영역에 걸쳐 있는 인간을 눈에 보이는 부분, 즉 '몸'이라는 물질로 단순 환원해버리는 것을 의미한다. 그리고 정신과 영성으로부터 멀어진 물질로서의 몸은 끊임없이 의료가 감시하고 개입하지 않으면 금방 무너져버릴지도 모를 나약하고 무력한 것으로 간주되었다.

대체 의학이란 이러한 현대 의학의 신체관身體觀을 대신하는 통합적인 신체관에 기초해 폭넓은 의료를 모색하는 움직임이다. 그것을 때로 보완 의학이라 부르는 것은 대체 의학이 현대 의학을 부정하는 것이 아니라, 그 장점을 최대한 살리면서 다른 방면에서 발전해온 다양한 의료의 흐름을 연계하고 보완한다고 여기기 때문이다. 우에노가 소개하는 '정원은 나, 나는 정원'이라는 말은 이러한 대체 의학의 관점을 잘 표현하고 있다.

자신의 몸을 '정원'으로, 자기 자신은 그것을 '보살피는 사람'으로 생각해보자. 몸은 자신에게 주어진 운명적인 정원이며, 나아가 자신과 몸은 하나일 수밖에 없는 정원이다. 그러나 자신의 정원이라고는 하지만, 나는 이 정원의 소유자가 아니다. 정원은 어디까지나 신 혹은 우주, 자연계로부터 무상으로 대여한 것이기에 언젠가 돌려주어야만 하는 것이다. 그리고 그날까지 보살피는 역할을 맡은 나는 날마다 열심히 자신의 정원을 돌보지 않으면 안 된다.

보살피는 역할을 맡은 나는 자신의 일을 전문가인 정원사에게 몽땅 맡겨버릴 수만은 없다. 어째서일까? 우에노에 따르면 정원의 건강을 유지하기 위한 가장 기본적인 일들, 즉 호흡하는 일, 음식물을 섭취하는 일, 운동하는 일, 생각하는 일, 관계를 맺는 일, 배설하는 일, 자는 일 등은 아무리 훌륭한 정원사일지라도 대신해줄 수 없는 일이기 때문이다.

중국 전통 의학에 '단전'이라는 것이 있다. 다케무라는 그것이 외부로부터 약을 가져오지 않더라도 스스로 잘 가꾸기만 하면 무한의 묘약(단)을 낳는 생명의 텃밭이 우리 몸속에 있음을 뜻한다고 한다. 그리고 그것을 잘 경작하는 방법으로 기공이나 요가 등 신체 기술이 고안되어왔다.

대자연의 소우주인 신체와 새롭게 만나는 것을 계기로 우리는 그 신체를 지탱하고 기르는 생태계라는 거대 우주 속에 다시 새롭게 사는 것을 배워가게 될 것이다.

이어 읽기
유전자 조작–딥 에콜로지(142), 신체 시간(157), 테크놀로지–아트(236), 슬로 섹스–슬로 보디(283)

느림의 철학자들
다케무라 신이치竹村真一
1959년 출생. 도호쿠 예술공과대학교 교수. 인간학 입장에서 첨단 생명 과학과 환경문제, 인간과 미디어의 관계 등에 관해 연구했다. 또 스스로 디지털 미디어의 가능성을 개척한 여러 실험적 프로젝트를 기획, 추진했다. 쓴 책으로 《호흡하는 네트워크》, 편저로 《22세기의 그라운드 디자인》 등이 있다.

슬로 섹스-슬로 보디

|

그 넓고도 깊은 몸의 쾌락을
어떻게 되찾을 수 있을까?

오랜 기간 외국 생활을 하고 돌아온 내 눈에 가장 낯설게 비친 풍경 중 하나는 전철 안에 걸린 선정적인 잡지 광고였다. 복잡한 출퇴근 시간에 전철에선 남녀의 신체 접촉이 불가피한데, 이들은 좁은 공간에 갇힌 채 서로 시선을 피하며 어색한 침묵을 견디고 있다. 그리고 마치 그것을 도발하려는 듯, 혹은 비웃는 듯 노골적이고 외설스러운 성적 표현이 머리 위에서 펄럭이고 있다. 혹자는 그것도 표현의 자유라고 할지 모르지만, 과연 그것을 우리의 자유로운 성적 표현이라고 할 수 있을까? 그렇다면 그건 너무도 슬픈 일이다.

이 나라의 미디어는 사람들이 성적으로 매우 분방하고 자유로운 것처럼 보여주지만, 반대로 성 문화의 실태는 매우 빈약한 게 아닐까 하는 생각을 지울 수 없다.

성애는 개인과 개인 사이의 가장 친밀한 신체와 정신의 커뮤니케이션이자 표현일 것이다. 하지만 철학자 와시다 기요카즈鷲田清一에 따르면, 현대사회에서 성은 이런 친밀한 커뮤니케이션 자체를 배제하는 경향이 있다. 미디어에 쾌락적인 정보가 넘치는 것은, 사람들이 자신의 파트너와는 쾌락을 느끼지 못해서 불만스럽고 공허한 상태임을 역으로 대변하는 것이라는 지적이다. 그는 이러한 성적 빈곤의 배후에서 신체성의 변질을 발견해내고, 그것을 '패닉 보디Panic Body'라고 명명했다. 그것은 본래 신체 간에 있어야 할 '느슨함'이나 '흔들림' 혹은 '틈새' 같은 것을 상실한 채 '가감'이나 '융통'이 통하지 않게 되어버린 '딱딱하게 굳어진' 신체다.

반대로 느슨함이나 흔들림, 틈새 같은 것을 회복해 타인의 몸과 기분 좋은 소통과 접촉을 되찾게 된 몸을 나는 '슬로 보디Slow Body'라 부르고 싶다. 만일 우리 신체가 소유하고 관리하고 지배하기 위한 것이라면, 느슨함이나 흔들림, 틈새 같은 것은 방해만 될 것이다. 타자와 확연히 구별되고 격리된 '단일체單一體'로서의 신체에 비해, 타자와 상호 침투하고 커뮤니케이션하는 신체는 소유와 관리가 필요 없고 비효율적이고 얼마쯤은 성가실 것이다. 이것이 바로 몸의 '느림'이다.

섹스는 느린 것이 좋다. 누구나 그렇게 여길 듯하지만, 정작 그 의미를 제대로 알고 있는 사람은 그리 많지 않다. 매스컴에서 떠드는 느림은 단지 사정에 이르기까지의 시간만을 이야기한다. '슬로 섹스'까지도 그러한 사정의 기술적인 문제로 받아들이는 사람이 많은 것은 아닐지.

상대와의 감정 관계에는 소원하고 쾌감을 느끼는 일에도 부담을 느끼면서 섹스를 일종의 '의무'로 여기고 습관적으로 하는 경우가 많다. 와시다의 말처럼 이러한 경향이 현대 일본인의 성애에 담겨 있다면, 그것은 바로 섹스의 패스트화, 즉 '패스트 섹스'다.

아마도 패스트 섹스는 세 가지 측면에서 의미를 담고 있을 것이다. 먼저 성애를 위한 시간이 없어져간다는 것. 둘째는 성이나 쾌락의 개념이 점점 축소되고 협소해진다는 것. 성은 '기관적인 것'이 되어버려 성행위 그 자체, 그것도 성기의 결합만을 의미하는 말이 되어가고 쾌락도 그에 따라 기술적인 콘셉트가 되어가는 경향이 있다. 그리고 셋째는 성애가 젊은이만의 것이라는 이미지를 만들어낸다는 것. 어느 연령 이상 (특히 여성)의 섹슈얼리티에 대해 '나잇살이나 먹어가지고'라는 야유와 비판은 옛날부터 있어왔지만, 최근에는 그 나이가 점점 더 내려가고 있는 것처럼 보인다. '빨리 통과해버리는 것'으로서의 성애는 '나이 듦'이나 '늙어감'과 같은 인생을 통한 느릿하고도 완만한 과정을 받아들이지 못한다.

그렇다면 우리는 슬로 섹스와 그 넓고도 깊은 쾌락을 어떻게 되찾을 수 있을까? 우선 우리 한 사람 한 사람이 사랑의 본질적인 '느림'을 생각하는 데서부터 시작해야 하지 않을까? 사랑·연애·우정·연민 같은 것은 본래 비효율적이며, 친밀한 인간관계 특유의 성가시고도 까다로운 측면을 지녔다. 하지만 그런 성가심이야말로 기쁨과 쾌락의 원천이기도 하다. 그럼에도 효율적이고 빠른 사랑에만 매달리는 사람이 있다면, 이렇게 자문해보면 좋을 것이다. "과연 나는 남에게 효율적으로 사랑받고 싶은가?"

이어 읽기

슬로 러브(72), 공포-안심(78), 노인-어린이(190)

상대와 커뮤니케이션하지 않고 지나가는 패스트 보디

미국, 시애틀

지금 여기-친밀감

익숙한 오늘 속에서 무한한 즐거움 찾기

현대사회는 수많은 부정 위에 세워져 있다. 그 가운데서도 가장 손꼽을 만한 것이 '지금의 자신'에 대한 부정이다. 교육 현장에서도 그렇고, 매스미디어에서도 '지금의 나는 별로 좋지 않다(어쨌거나 충분하지 않다)'는 쪽으로 우리를 몰고 간다. 그런 메시지는 대개 이런 식이다. "그대는 나름대로 열심히 한다고 하고 있다. 하지만 그것으로 충분하다고 생각하면 끝장이다. 더 나은 내일이 있으며, 더 나은 누군가가 있을 테니 말이다."

이런 식으로 '지금 여기'는 반드시 넘어서야만 하는 어떤 것으로 느끼게 만든다. 왜냐하면 그것은 넘어서기 위해서만 존재하는 것이므로. 내일은 반드시 오늘보다 나아져야만 한다. 특히 일본에서는 '분발하라'는 말을 이상할 정도로 많이 쓰고 있는데, 그 말도 '지금의 자신'을 부정하며 그것을 뛰어넘어야만 한다는 생각에 뿌리를 두고 있다.

현대인의 '새로움'을 좋아하는 성향도 이와 밀접한 관련이 있을 것이다. 사회는 우리에게 '새로운 것'을 지향하는 일의 중요성을 쉼 없이 강조한다. 호기심이야말로 살아가는 데 필요한 에너지가 되고 인생을 활기차게 해줄 것이라고 속삭인다. 그것은 동시에 소비 의욕을 부추기고 상품 경제를 활성화하며 경제성장을 지탱하는 구조가 된다. 하지만 그 '새로운 것'을 얻었을 때의 흥분은 그리 오래 지속되지 않는다. 아니, 손에 넣은 그 순간 새로움은 급속히 빛을 잃고, 이미 더 이상 새롭지 않다. 새로움이 친밀감을 대체하게 된다. 새로움의 생명력은 너무 짧다. 그리고 그때가 지나면 우리는 그다음의 '새로운 것'을 또 찾아나서야만 할 것이다.

하지만 친밀감 속에 있는 아름다움이라든가 따사로움, 평온함 같은 가치는 거의 제대로 평가받지 못하는 것이 우리가 사는 현대사회다. 친밀감은 진부하고 평범하고 너무나 흔해빠진 것으로 여겨진다. 하지만 농민 작가 웬델 베리에 따르면, 친밀감이라는 '지知의 양식'은 영원토록 새롭다고 한다. 자신이 살고 있는 지역을 한번 걸어보라고, 그것은 아무리 퍼올려도 마르지 않는 샘물처럼 우리에게 무한한 놀라움을 가져다줄 것이라고 한다.

베리에 따르면, 우리의 앎에는 '새로움에 대한 추구와 친밀감에 대한 흥미'가 함께 존재한다. 전자가 '지금 무엇이 어디에 있지 않을까?'에 흥미를 갖고 아직 가보지 않은 장소를 발견하고 싶다고 느끼는 것인 데 반해, 후자는 '지금 우리가 어디에 있을까?'에 흥미를 갖고 지금 있는 장소를 알려고 한다. 우리의 과학기술 문명 시대는 이 중 첫 번째 앎에만 편중되어 있는 것 아니냐고 베리는 묻는다.

"생명이 있는 한, 친밀감에 기초한 앎의 넓이와 깊이에는 한계가 없다. 경험의 무한함은 새로움 속이 아닌 친밀감 속에 존재한다."

1960년대 일본에서 유행한 노래 중에 '내일이 있으니'라는 곡이 있다. 이 고도 경제성장의 테마송이 최근 또 리바이벌되어 히트한 데 대해 좀 어리둥절한 기분이다. 아직도 우리는 경제성장의 내일이 있다고 믿고 싶은 것일까? 이 '내일이 있다'는 생각은 중남미의 '내일주의'와 비슷하면서도 다르다. 중남미 사람들이 '그것은 내일이 있지'라고 할 때, 그들은 '지금 이 순간'을 충분히 즐기고 음미하며 살기 위해 눈앞의 일들을 내일로 넘기려는 것이다. 그래서 그들의 '내일주의'는 사실 오늘을 무엇보다 소중히 하는 '오늘주의'인 것이다. 하지만 '내일이 있으니'라는 노래는 '지금 여기'를 소홀히 여기면서 '오늘은 별 볼일 없지만, 내일이야말로'라는 식으로 '오늘' 쯤은 뛰어넘어야 할 대상으로 여기고 있는 것이다.

'지금 이 순간을 산다'는 것은 '지금만 좋으면 된다'라는 생각과는 다르다. '찰나주의'는 내일을 희생물로 삼더라도 오로지 지금만을 손에 넣으려고 한다. 그것은 얼른 보기에는 지금을 사는 일에 대한 강렬한 표현처럼 보일 수 있다. 하지만 그것은 자기 부정을 통해서밖에 사랑을 말할 수 없다는 점에서, 가능성으로 가득 찬 자신을 그대로 받아들이지 못하는 '내일이 있으니'와 동류라고 할 수 있다. '지금 여기'가 없으면 내일도 없고, 내일이 있기에 바로 '지금 여기'도 있다. '지금 여기'의 자신을 있는 그대로 받아들일 수 있어야만 내일의 자신이 존재한다. 내일의 자기 자신을 포용할 자세가 되어 있을 때만이 '지금 여기'에 있는 자신도 있다. 나는 그렇다고 생각한다.

"위대한 모험이란 같은 얼굴 속에서 날마다 새로운 것을 발견해내는 일이다."-알베르토 자코메티

깊이 알기

웬델 베리, 《희망의 뿌리》, 산해, 2004년

이어 읽기

공포-안심(78), 분발하지 않기-장애인(182)

느림의 철학자들

웬델 베리Wendell Berry

1934년 미국 출생. 농민 작가. 켄터키주 강 유역에서 농사를 지으며 시, 소설, 에세이를 발표해왔다.

특히 그의 생태 사상은 전 세계의 많은 지지자를 만들어냈으며 환경 운동에 큰 영향을 미치고 있다.

주요 저서로 《희망의 뿌리》, 《생활의 조건》, 《나에게 컴퓨터는 필요 없다》 등이 있다.

친밀감에서는 무한한 놀라움이….

-

에콰도르 오르메드 마을

빈둥거리기

경쟁 바깥에 있는 참된 자신의
'거처'를 발견하자

'빈둥거린다'는 표현은 대체로 부정적인 의미를 담고 있다. 여성에 대해서 그냥 집에서 '빈둥거리고 있다'고 하면, 결혼 적령기가 지났는데도 아직 결혼하지 않고 있는 것에 대한 비판이기 쉬우며, 남성에 대해서라면 일자리를 얻지 못한 데 대해 한심스러워하거나 딱해하는 뉘앙스를 담고 있다. 물론 지금은 일정한 직업 없이 지내며 그때그때 일거리를 찾는 사람도 생겨나고 있고, 독신주의를 택하는 여성도 늘고 있어 예전처럼 올드 미스라는 꼬리표를 다는 일은 사라졌다. 하지만 그렇다고 해서 '빈둥거리기'가 그렇게 좋은 평가를 받느냐 하면, 그렇지는 않은 것 같다. 아니 오히려 '빈둥거리기'는 점점 더 사회의 한구석으로 밀려나 더욱더 설 자리를 잃어가고 있는 게 아닐까 싶다.

요컨대, '빈둥거린다'는 것은 '생산적이 아닌' 상태를 말한다. 그리고 사람들은 그로 인해 당사자의 사회성에 문제가 있다고 여긴다. 이때의 사회란 어떤 공통의 목표나 목적을 갖고 있다고 믿는 환상의 공동체다. 모두가 그 목표를 향해 가고 있는데, 어떤 사람은 거기서 일탈해 있다. 사람들이 '분발하고 있을' 때, 그 사람은 '빈둥대고 있는' 것이다. 그러니 그를 비난하게 되는 것이다.

아마도 빈둥거리기 챔피언은 어린아이일 것이다. 우리는 아이들이 빈둥거리는 시간을 '놀기'라고 부른다. 그 시간은 일상의 현실 논리에서 벗어나 있기에, 그리고 합목적성에서 자유롭기에 비로소 빛을 발하는 것이다. '무익한 것'일 때 더 충실한 것이다.

우리가 사는 사회는 지금 경쟁주의나 생산성주의, 우생 사상 등에 크게 경도된 듯이 보인다. '빈둥거림주의'란 바로 이런 치우침에 대한 일종의 경종이다. 게으름 피우기를 장려하자는 것이 아니다. 여기서 가장 중요한 것은 경쟁의 바깥에 있는 참된 자신의 '거처'를 발견하는 일이다. 즉, 생산성의 가치에서 벗어나, 있는 자기 자신을 재발견하는 일인 것이다.

흔히 요즘 젊은이들은 목표를 상실했다고 말한다. 그래서 사회가 그들에게 목표를 부여해야 한다고 목소리를 높인다. 하지만 나는 지금 젊은이들이 경쟁주의, 생산성주의, 물질주의, 배금주의에 염증을 느끼고 있는 것이 얼마나 다행스러운지 모른다. 부모 세대나 또 그 부모의 부모 세대가 추구해온 '신화'에 젊은이들이 넌덜머리를 내고 있다면, 오히려 꽤 믿음직스러운 일이 아닌가. 그들에게 진정한 위기란 낡은 신화의 바깥에 있는 진정한 자신의 거처를 발견하지 못했을 때가 아닐까.

지금의 젊은이들은 어릴 때부터 마음 편히 놀거나 빈둥거릴 시간을 어른들에게 빼앗겼다. 그리고 지금도 그들은 여전히 그 시간을 빼앗긴 채 살아가고 있다. 이는 젊은이들뿐 아니다. 중년인 우리도, 더 나이를 먹은 어른들도 같은 위기에 직면해 있는 것은 아닐까.

언제부터 우리는 이토록 서두르며 곁눈도 주지 않은 채 쫓기듯 길을 가게 된 것일까. '한눈파는' 일도, '딴청 피울' 새도 없이 말이다. 생각해 보면 우리는 모두 빈둥대기 위해서 태어난 것은 아닐까. 지금이야말로 '빈둥거리기'를 회복해야 할 때가 아닌가 싶다.

어슬렁대며 길을 간다. 춤추고 노래하면서.

쿠바 산티아고 데 쿠바

바람이 부는 까닭은

미루나무 한 그루 때문이다

미루나무 이파리 수천, 수만 장이

제 몸을 뒤집었다 엎었다 하기 때문이다

세상을 흔들고 싶거든

자기 자신을 먼저 흔들 줄 알아야 한다고

안도현, '바람이 부는 까닭'

쉰다

|

목적의 세계에서 벗어나기,
그것만으로도 충분한 것

50년쯤 전에 유대학자 에이브러햄 조슈아 헤셸이 쓴《안식일The Sabbath》이라는 책이 있다. 그 책은 이렇게 시작된다.

기술 문명이란 인류에 의한 공간의 정복이다. 그 승리는 종종 존재의 또 하나의 본질적 구성 요소인 시간을 희생함으로써 달성되어왔다.

필자는 공간의 정복으로 이룬 문명을 일거에 부정하려고 하는 것이 아니라고 말한다. 하지만 문제는, 우리가 자칫 공간 세계에서의 힘의 확대에만 온통 마음을 빼앗기게 된다는 점이다. 그러면서 헤셸은 그것이 바로 현실에서 일어나고 있는 일이라며 우려를 표명한다.

헤셸에 따르면 '공간의 영역'과 '시간의 영역'에서는 애당초 목표가 전혀 다르다고 한다.

298

시간의 세계에서 목표는 '갖고 있다'가 아닌 '있다'는 것, 소유하는 것이 아니라 주는 것, 지배하는 것이 아니라 나누는 것, 정복이 아닌 합의다.

《성경》창세기에 "신은 일곱째 날을 축복하고, 그날을 거룩하게 하셨다"는 이야기가 나온다. 그것은 공간이 아니라 시간을 성스러운 것으로 본 데 중요한 의미가 있다고 헤셸은 말한다. 이와 동시에 유대인이 일주일에 한 번 안식일을 갖는 것의 의미는 공간적인 것에 지배된 날들에서 해방되어 시간의 성스러움을 축복하는 데 있다.

안식일, 그것은 시간의 성역이다. 생존을 위한 싸움의 휴전이자 모든 대립의 정지. 사람과 사람 사이의 평화이며 사람과 자연 간의 조화고 인간의 내적인 평화다. 그날 금전을 다루는 것은 신에 대한 모독이다. 사람은 물건을 신성시하거나 혹은 그것에 의존하는 일을 멈추고, 그것들로부터 독립을 선언한다. 날마다 긴장과 부정함에서 놓여나, 시간의 나라 속에 독립적인 주체로 스스로를 우뚝 세운다.

유대교인도 기독교인도 아닌 우리에게 '일곱째 날'은 존재하지 않는다. 하지만 그렇더라도 지난날에는 인생 이곳저곳에 아마도 사물의 세계가 비집고 들어서지 못하는 '시간의 성역'이 있었을 것이다. 휴식이, 고요함이, 놀이가, 즐거운 환담이. 그러한 것들은 대체 어디로 가버린 것일까?

나는 안식이란 사물의 세계가 한순간 문득 시간의 나라에서 부유하는 일이라고 생각한다. 여유로움이란 단지 시계로 잴 수 있는 물리적인 시간을 절약하는 데서 생겨나는 것이 아니다. 우리의 교육에서 아이들에게 '여유롭게' 혹은 '천천히'라는 말을 한 지 오래되었고, 아이들은 점점 더 피로해지고 있지 않은가.

'슬로 라이프'란 더 큰 차를 탄다거나 별장을 구입하는 일이 아니다. 느림이란 시간적, 공간적인 덧셈에 의해 생겨나는 가치가 아니다. 에너지 감소, 순환형의 삶이란 단순히 자원과 에너지를 절약하거나 환경 파괴를 중지하려는 것이 아니다. 친환경과 생태는 기술 용어가 아니다. 그것은 영혼의 회복을 의미하는 말이며, 자신의 인생에 신성을 회복하는 일, 그리고 영혼을 자유롭게 뛰놀게 하는 일이다. 안식일에 촛불을 밝히자. 우리의 혁명은 거기서부터 시작되지 않겠는가.

이어 읽기
슬로 라이프(15), 모모-시간(195), 촛불(301)

촛불

|

가끔은 어둠을 아름답게 되찾아보자

최근 몇 년 동안 나는 '나무늘보 친구들'의 동지들과 6월 하지에 몇 시간 동안 자발적으로 정전을 실시하고 있다. 말하자면, 전기 켜는 일을 게을리하고 있는 셈이다. 이 일의 계기는 북미의 한 단체가 미국 정부의 에너지 정책에 반대해 인터넷을 통해 전 세계인에게 '어둠의 물결'을 밝히자고 촉구한 데서 비롯됐다. 어둠의 물결이란 만일 수많은 사람이 같은 시간에 전기를 끄면, 시차에 의해 흡사 파도 타기 응원처럼 어둠의 띠가 지구에 물결처럼 흐른다는 이미지에서 나온 말이다. 이처럼 처음에는 낭비형 에너지 정책에 반대하는 캠페인이었지만, 내가 직접 해보고 난 뒤 나는 이 행동이 단순한 에너지 절약에 그치지 않는, 즐거운 문화 운동임을 알게 됐다.

전기를 끄는 일은 무엇보다 어둠을 되찾는 것을 의미한다. 일본인의 80%가 도회지에 사는 지금, 우리 주변에서 어둠이 떠나버린 지 오래다. 하짓날의 자발적인 정전은 지금 '100만 명 촛불 밝히기 프로젝트'로 그 지평을 더욱 넓혀나가고 있다. '전기를 끄고 달을 보고 별을 보자, 반딧불을 보자'고 하는 사람들이 있다. 그저 어둠 속에서 말 없이 잠자코 있는 사람, 서로 사랑하는 사람들도 있다. 모닥불을 피우기도 하고 촛불을 밝히는 사람들도 있다. 촛불의 불꽃은 어둠을 부정하는 대신 오히려 그것을 일으켜 세워준다.

세계 각지에 흩어진 유대인 대다수는 지금도 매주 금요일 저녁이면 촛불 아래 모여서 성스러운 안식일의 시작을 축복한다. 종교에 그다지 관심 없는 사람도 어릴 적의 안식일을, 촛불 아래 밝혀졌던 가족들의 얼굴을 지금도 그리운 추억으로 떠올린다고 한다.

강의를 듣는 대학생들에게 물어보면 거의 예외 없이 저녁 식사 때면 텔레비전을 켜놓고 있다고 한다. 나는 그들에게 우선 텔레비전을 끄는 것으로 슬로 라이프를 시작해보라고 말한다. 그러면 학생들은 "하지만 그렇게 하면 어쩐지 어색한 침묵이…"라고 답한다. 텔레비전이 켜 있지 않으면 어색한 침묵이 흐르는 연인과는 헤어지는 편이 나으며, 가족이라면 따로 사는 게 더 낫지 않겠냐고 하면 너무 지나친 생각일까.

여하튼 나는 일단 전기를 끄고 촛불을 켜보라고 말한다. 그러면 또 학생들은 쑥스럽다고 답한다. 아마도 2~3일은 쑥스러운 느낌이 들지도 모른다. 하지만 며칠 지나면 거기에 익숙해지고, 오히려 즐거워지게 될 것이 분명하다. 너무 봐서 싫증 난 얼굴도 촛불의 오렌지 불꽃 아래서 보면 꽤 신선하고 로맨틱해 보일지도 모른다. 서구에서는 많은 가정들이 사소해 보일 수도 있는 이러한 의식을 지금도 여전히 고수하고 있다.

둥그렇게 둘러앉아 함께 식사를 하고 불빛에 둘러싸이는 것. 촛불을 밝히고 식사를 하는 행위에는 이 세 가지 요소가 동시에 실현되고 있다. 생각해보면 그것은 인간이 인간임을 보여주는 문화의 3대 요소라고도 할 수 있을 것이다.

그런데 지금 시판되고 있는 양초 대부분은 석유 원료인 파라핀으로 만든다. 모처럼 자발적 정전을 실천하고 있는데, 그 순간에도 석유를 태워야 하다니 얼마쯤은 분한 생각이 든다. 그래서 우리는 친구들과 함께 새로운 회사를 만들어 밀랍 등의 천연 재료로 만든 양초나 등, 초롱 등을 만들어보기로 했다. 그 회사 이름은 '천천히 당'이다.

깊이 알기

천천히 당 (www.yukkurido.com)

이어 읽기

슬로 라이프(15), 플러그-언플러그(214), 텔레비전(222)

샘물을 지키는 신에게 바치는 촛불

와다 로쿠고초

나무늘보

|

우리가 나무늘보에게 배워야 할 몇 가지

남미 에콰도르에서 벌인 환경 운동에 참여했던 나는 그곳에 간 지 얼마 안 되어 나무늘보라는 동물에게 매료되었고, 마침내 '나무늘보가 사는 숲을 지키자'는 슬로건을 내걸기에 이르렀다. 그리고 나름대로 이 동물에 관해 상세하게 조사를 시작했다.

난 연구 성과를 접하고, 그 조사 활동의 무대이기도 했던 파나마의 스미소니언 열대 연구소를 방문했다. 또 세계 최초의 나무늘보 보호구역이 있다는 소식을 듣고 코스타리카의 카리브 해안을 방문하기도 했다. 이 동물의 알 수 없는 매력에 점점 더 이끌리게 된 나는, 마침내 1999년 여름 나의 친구들과 '나무늘보 친구들'이라는 NGO를 만들게 되었다. 미리 밝혀두건대, 이 모임은 동물 애호 단체가 아니다. '나무늘보를 지키자'라는 슬로건은 어느 사이엔가 우리 안에서 '나무늘보가 되자'라는 슬로건으로 바뀌어갔기 때문이다.

세발가락나무늘보는 중남미의 열대우림에 서식하는 빈치목貧齒目의 포유동물이다. 나무늘보만큼 조소와 경멸의 표적이 되어온 동물도 아마 드물 것이다. 너무나도 게으르고 둔중하고 지능이 낮고 무방비 상태인 이 동물은 도무지 살벌한 생존 경쟁에서 살아남을 수 없는 생물 진화사의 대표적인 실패작이라는 것이 오랜 시간 구미의 '상식'이었던 듯하다. 하지만 광대한 중남미의 열대림에 널리 번성한 이 동물을 과연 실패작이라고 할 수 있을까?

'나무늘보다움'이란 대체 무엇일까? 움직임이 느린 것은 근육이 적기 때문인데, 그것은 저에너지로 살기 위한 지혜다. 근육이 적어서 가볍기 때문에 가는 나뭇가지에도 매달릴 수 있으며, 그만큼 적의 위협으로부터 안전하다. 7~8일에 한 번, 그들은 주변이 위험하지 않는지를 잘 살핀 뒤 나무 아래로 내려가서 땅에 얕은 구덩이를 파고 배설한다. 이것은 생태학적으로 중요한 의미를 지닌다. 한 연구 조사에 따르면, 나무늘보는 나뭇잎을 섭취해 얻은 영양의 50%를 그 나무에 되돌려줌으로써, 자신의 생명을 키워준 나무를 거꾸로 지원하며 함께 성장해 가는 것이라고 한다.

어쨌거나 나무늘보는 진화의 실패작이 아니라, 오히려 열대우림이라는 환경에서 훌륭하게 적응하고 번성한 좋은 예라 할 수 있을 것이다. 다른 포유류가 '더 빠르고 더 크고 더 강하게'를 외치며 치열한 생존 경쟁과 영고성쇠의 역사를 거듭하는 것을 곁눈으로 지켜보며, 나무늘보는 높다란 나무 위에서 유유자적한 모습으로 저에너지·순환형·공생·비폭력·평화의 라이프스타일을 고수하는 데 성공한 것이다. 이렇게 보면 나무늘보의 삶의 방식이야말로 21세기 인류 생존을 위해 도움이 될 만한 힌트로 가득하다고 볼 수 있다.

　파나마에서 만날 수 있을지도 모른다고 생각했던 나무늘보 연구가인 M 박사는 결국 만나지 못하고 말았다. 예전에 그와 함께 일을 했다는 직원에게 소식을 묻자, 그는 어두운 표정으로 "유감스럽게도 그분은 모든 활동을 일절 접고 말았다"라고 답했다. 그 후 들리는 소문에 의하면, 그는 교수직도 버리고 거리에서 기타를 메고 노래를 부르며 하루하루를 보내는 삶을 살고 있다. 아무래도 그 자신이 나무늘보가 되어버린 모양이다.

　나무늘보는 영어로 Sloth다. 이 동물이 우리에게 가르쳐주는 느긋하고 여유 있는 사고방식, 삶의 방식을 우리는 '슬로소피Slothophy'라 부르기로 했다. 그것을 연구하고, 실천하려는 나와 여러분은 바로 '슬로소퍼Slothopher'인 셈이다.

느림의 철학자들

나무늘보 친구들The Sloth Club

1999년, 환경문제와 원주민 문제에 관심을 가진 사람들이 중심이 되어 만든 NGO.

간사는 쓰지 신이치(저자), 무농약·유기농 커피 교역을 지향하는 비즈니스맨 나카무라,

딥 에콜로지 운동가이자 싱어송라이터 앤냐 라이트.

중남미 숲에 사는 나무늘보라는 동물의 삶의 방식인 저에너지·순환형·공생·비폭력의 방식이야말로

지속 가능한 사회를 위한 삶의 힌트라 보고, 이들은 생태계 보전, 환경 공생형 라이프스타일로의 전환,

환경과 사회에 좋은 일을 하는 슬로 비즈니스 창조라는 세 분야에서 늑장을 피우고 있다고는

도저히 볼 수 없는 다이내믹한 활동을 펼치고 있다.

열대우림에 사는 어린 세발가락나무늘보

파나마

맺음말
감사를 전하며

이 책은 도서관이나 서재가 아닌, 현장 운동을 하는 가운데서 태어났다. 나는 지금 그 운동을 '슬로 무브먼트'라고 부르려 한다. 그리고 또한 이 운동을 함께 하는 동료들을 '슬로소퍼'라 부르고 싶다. '슬로소퍼Pslothopher'라는 말은 나무 늘보를 뜻하는 '슬로스Sloth'에서 따온 말로, 약간 멋을 부려 맨앞에는 발음이 되지 않는 P를 붙였다.

이제까지 내가 만나고 또 나에게 많은 영향을 준 수많은 나무늘보 친구들에게 감사를 표하고 싶다. 여기에 그 이름을 일일이 열거할 수는 없겠지만, 그래도 한 사람, '슬로소퍼'라는 말을 나와 함께 생각해준 인디언 친구 브렌더 실즈의 이름만을 밝혀두고 싶다. 구불구불한 산길을 참을성 있게 걸으면서, 항상 특유의 유머와 비평 정신을 잃지 않고 창조적인 오늘을 개척해온 진정한 슬로소퍼인 그녀에게 감사를 전한다.

이 책은 말 그대로 공동 작업으로 만들어졌다. 포커페이스 아래 감춰둔 뜨거운 열정과 맑은 심성으로 늘 나를 격려해주고 이끌어준 베테랑 편집자 미토쿠 요이치三德洋一, 조사에서부터 편집까지 참을성 있게 나를 도와준 '천천히 당'의 새내기 편집자 여러분에게도 깊은 감사의 말을 전하고 싶다.

참으로 즐거운 작업이었다.

Slowly yours,
2005년 1월, 요코하마에서

캐나다 퀸샬럿 제도의 원시림에서 보낸 느린 시간

저자 쓰지 신이치

슬로 라이프

지은이　　　쓰지 신이치(이규)
옮긴이　　　김향

1판 1쇄 펴낸날　　2005년 2월 10일
개정판 펴낸날　　2018년 8월 30일

펴낸이　　　이영혜
펴낸곳　　　(주)디자인하우스
　　　　　　서울시 중구 동호로 310
　　　　　　우편번호 104616
대표전화　　(02)2275-6151
영업부직통　(02)2263-6900
홈페이지　　www.designhouse.co.kr
등록　　　　1977년 8월 19일, 제2-208호

편집장　　　최혜경
편집팀　　　정상미
표지 디자인　김홍숙(디자인하우스 미술 주간)
본문 디자인　조경미
본문 교열　　오미경
영업팀　　　문상식, 소은주
제작팀　　　이성훈, 민나영

콘텐츠랩
본부장　　　이상윤
아트디렉터　차영대

출력인쇄　　대한프린테크

값 14,800원
ISBN 978-89-7041-728-8 03800

이 도서의 국립중앙도서관 출판예정도서목록(CIP)은
서지정보유통지원시스템 홈페이지(http://seoji.nl.go.kr)와
국가자료공동목록시스템(http://www.nl.go.kr/kolisnet)에서 이용하실 수 있습니다.
(CIP 제어번호: CIP2018025430)